MARIE-ANTOINETTE

87, quai Panhard-et-Levassor – 75647 Paris Cedex 13
ISBN : 978-2-0812-4636-2

ANNE-SOPHIE SILVESTRE

MARIE-ANTOINETTE

Le jardin secret d'une princesse

Flammarion

Chapitre 1

Un abbé en Autriche

— Entrez, monsieur l'abbé. Je suis aise de vous voir. Je vous attendais avec la plus grande impatience... Monsieur, je vous ai prié de venir à Vienne car ma fille est l'enfant la plus mal élevée du monde.

L'impératrice n'y allait pas par quatre chemins. Le jeune abbé Vermond, à qui ce discours d'accueil était adressé, se sentit considérablement désorienté. Pétrifié de timidité, il se demanda ce qu'il pouvait bien répondre. Quand une mère se plaint de sa fille devant un visiteur étranger, la moindre des politesses est de se récrier : « Mais non, voyons ! Cette jeune personne est sans doute espiègle, enjouée... certainement pas mal élevée. » Mais quand la mère qui s'exprimait ainsi était l'impératrice d'Autriche, il n'était guère possible de la contredire. D'autant plus qu'elle n'avait pas précisé laquelle de ses filles lui causait ce déplaisir. Elle en avait sept, plus quatre garçons, tous archiducs et archiduchesses... Vermond se souvint soudain avec soulagement qu'il avait oublié en entrant la profonde révérence que l'étiquette exigeait. Il se tira d'affaire en plongeant vers le sol et en balbutiant quelque chose qui pouvait passer pour « Oui, Votre Majesté. »

L'imposante impératrice d'Autriche, de Hongrie et de Bohême, le regard perdu dans le haut d'une tapisserie, tout près du plafond, réfléchit un instant et poursuivit :

— Pour être exacte, on ne peut pas dire qu'Antoinette soit mal élevée...

— Certainement non, Votre Majesté, s'empressa de répondre le jeune homme.

Il nota au passage que l'enfant dont on parlait était Marie-Antoinette, la plus jeune des archiduchesses, celle de douze ans.

— C'est pis ! asséna l'impératrice, Antoinette n'est pas élevée du tout.

Cette fois, l'abbé Vermond jugea opportun de ne rien dire. Il demeura les yeux baissés, attendant la suite. L'impératrice s'assit derrière son vaste bureau noir aux incrustations dorées et retroussa machinalement les manches de sa robe sur ses poignets solides. Elle médita quelques secondes, puis sembla subitement prendre conscience de la présence matérielle de l'abbé.

— Monsieur Vermond, demanda-t-elle, savez-vous exactement pourquoi je vous ai prié de venir ?

— Non, Votre Majesté, répondit-il en toute sincérité.

Quelques heures plus tôt, il croyait encore s'en douter. Mais depuis quelques minutes la situation s'était singulièrement compliquée. Il devenait même urgent que l'impératrice précise elle-même ses désirs.

Pendant vingt et un jours, l'abbé avait roulé en chaise de poste à travers l'Alsace, l'Allemagne et l'Autriche.

Trois semaines plus tôt, un matin d'hiver de 1768, il se trouvait paisiblement à son poste de bibliothécaire, au collège des Quatre-Nations, à Paris. Tout était tranquille. Jusqu'à midi, il aurait la bibliothèque pour lui tout seul. Il avait déjà tiré son siège et sa table de travail jusqu'à la meilleure place, près du poêle. La journée s'écoulerait ainsi dans le silence et dans les livres, comme les journées précédentes, et comme sans doute la plupart des journées à venir. Mais on avait frappé à la porte. Un jeune homme inconnu aux manières polies était entré. Il parlait français avec un fort accent allemand. Il s'était présenté : il était le secrétaire du comte de Mercy-Argenteau, l'ambassadeur de l'impératrice d'Autriche à Paris. Monsieur le comte, avait dit le jeune homme, priait monsieur l'abbé de bien vouloir lui rendre visite aujourd'hui même à midi.

L'abbé Vermond avait cru tomber des nues :

— Vous êtes bien sûr que c'est moi que vous êtes chargé d'inviter ?

— Tout à fait sûr, monsieur l'abbé.

— Et savez-vous pourquoi l'ambassadeur me demande ?

— Non, monsieur l'abbé, je présume qu'il vous le dira lui-même.

Vermond, tout agité de curiosité, avait couru à son rendez-vous où il était même arrivé en avance. Il allait de surprise en surprise. À l'hôtel de l'ambassadeur, il eut l'impression qu'on l'attendait comme une importante personnalité, lui, le petit abbé Vermond, le plus que discret bibliothécaire du collège des Quatre-Nations qui se croyait inconnu de la terre entière à l'exception de ses élèves. À peine, eut-il dit son nom qu'on le fit entrer dans le cabinet du comte. Alors il comprit : debout devant la cheminée, auprès d'un homme très élégant qui devait être l'ambassadeur, il y avait l'évêque d'Orléans, son supérieur, qui lui avait souvent témoigné de la bienveillance et à qui il devait son poste au collège.

L'évêque, apercevant l'abbé, ouvrit les bras avec ampleur :

— Ah, mon cher Vermond, vous voilà !... Merci, mon jeune ami, d'avoir fait si vite... Vermond, nous vous avons choisi pour une mission de la plus haute importance et de la plus extrême urgence. Mon bon, vous partez demain pour l'Autriche !

L'abbé ouvrit des yeux ronds :

— Demain, Monseigneur ?

— Peut-être préférez-vous après-demain ? demanda l'évêque avec une soudaine inquiétude. C'est vrai, suis-je sot ! Avant votre départ, vous avez sans doute des visites à faire, des lettres à écrire... Eh bien, partez après-demain. Dans trois jours, même, si vous le voulez. Mais pas plus tard que trois jours ! Le voyage de Paris à Vienne est fort long et la tâche qui va vous être confiée ne saurait attendre. Son Excellence, ajouta-t-il en désignant le comte, va vous expliquer...

Vermond, malgré son étonnement, se retint pour ne pas sourire. L'évêque lui avait accordé trois jours pour ses préparatifs mais ne lui avait même pas demandé si ce voyage lui convenait. C'était bien dans les manières de Monseigneur. C'était d'ailleurs une méthode très efficace. L'évêque s'épargnait ainsi des quantités de conversations inutiles. Toutefois l'abbé songea que cela n'avait aucune importance car il était tout à coup séduit par ce projet de voyage. Il n'avait aucune idée de ce qu'on allait lui demander mais le nom de Vienne enflammait subitement son imagination. Vienne, la musique, le Danube, la liberté des grands chemins, les paysages sans fin, les confins de l'Europe... L'abbé Vermond, qui n'avait jamais quitté ses livres, et qui n'en avait d'ailleurs jamais spécialement ressenti l'envie, se surprenait soudain à rêver d'aventure. Il se tourna avec enthousiasme vers le comte de Mercy-Argenteau.

Le comte, qui avait noté avec intérêt l'élan du jeune homme, prit la parole :

— Monsieur l'abbé, il s'agit d'un projet d'alliance entre la France et l'Autriche.

— Un projet magnifique, commenta l'évêque.

C'était donc une mission politique. Vermond ressentit une vive déception. Il ne connaissait rien à la politique. Il était docteur en Sorbonne, il connaissait l'histoire, la littérature, plusieurs langues, la géographie, les mathématiques, mais pas un mot de politique. La politique l'inquiétait ; il la trouvait compliquée, irrationnelle, dangereuse. Il s'était toujours arrangé pour fuir cette discipline.

— Monsieur le comte, reconnut le jeune homme avec d'autant plus d'honnêteté qu'il prévoyait que cet aveu allait lui coûter son voyage, je dois vous dire que je n'entends rien à la politique.

À son soulagement, l'évêque balaya l'objection d'un ample mouvement de manche :

— Aucune importance ! Je dirais même au contraire, tant mieux ! Vous n'en remplirez que mieux votre mission. Mais écoutez plutôt Son Excellence.

Le comte reprit :

— Sa Majesté l'impératrice Marie-Thérèse et Sa Majesté le roi Louis XV ont décidé, pour resserrer les liens d'amitié qui existent entre l'Autriche et la France, d'unir par le mariage un enfant royal de chacune des nations. L'intention de Leurs Majestés est de marier une archiduchesse et un prince français. Je ne puis vous dire lesquels car le projet est encore secret.

Le comte s'interrompit pour choisir un brin de tabac dans une boîte en argent. L'évêque enchaîna :

— Vous savez, mon bon ami, que quand un prince français épouse une princesse étrangère, la tradition veut, ou plutôt voulait, que la jeune fille vienne au plus tôt vivre à la cour de France, tout enfant si possible, afin de grandir comme une princesse française.

— Sa Majesté l'impératrice ne veut pas de cette tradition, intervint le comte. Elle la trouve barbare et d'un autre âge. Sa Majesté aime ses filles d'un amour trop tendre pour leur permettre de quitter si jeune le nid familial. Il a donc été décidé que Son Altesse l'archiduchesse terminera son éducation auprès de sa mère, à Vienne, et viendra à Paris quand elle sera assez grande pour le mariage.

L'évêque poursuivit :

— Vous comprenez donc, mon ami, qu'il faut de toute urgence un professeur de français à cette jeune princesse. Dans l'entourage de Sa Majesté, nous avons longuement réfléchi sur le choix de ce précepteur. Il a été décidé que nous enverrions un ecclésiastique, instruit, simple et modeste, à la moralité irréprochable et ayant l'habitude des enfants. J'ai eu le bonheur de vous recommander, mon cher fils, et il s'est trouvé que le roi a agréé ma proposition.

L'abbé Vermond salua profondément.

— Avez-vous déjà eu des élèves, monsieur l'abbé ? demanda l'ambassadeur.

— Oui, Votre Excellence.

— Des filles aussi ?

— Oui, Votre Excellence.

Vermond croyait sincèrement avoir l'habitude des enfants. Comme bibliothécaire, il donnait parfois des leçons à de jeunes élèves du collège. Il aidait ceux qui avaient été malades à rattraper leur retard. Et une fois par semaine, il enseignait le catéchisme à un groupe de petites filles dûment disciplinées par la présence de leurs gouvernantes. C'était là toute sa fréquentation de la population enfantine. L'abbé ne s'en doutait pas mais il connaissait aussi peu les mœurs des enfants que celles des Indiens d'Amérique. Toutefois l'ambassadeur s'y connaissait lui aussi très mal en enfants et il fut satisfait de cette réponse.

— Eh bien, monsieur l'abbé, dit-il, tout est donc pour le mieux. Je vais écrire dès ce soir à l'impératrice.

Vous serez attendu, impatiemment j'en suis sûr, à Vienne. Partez au plus tôt.

— Demain ira très bien, Excellence, assura Vermond en s'inclinant.

Chapitre 2

Rêveries rythmées par les cahots de la route

Pendant ses vingt et un jours de voyage, Vermond eut amplement le temps de méditer sur la mission qui l'attendait en Autriche. Il se sentait plein d'enthousiasme. D'abord, s'interrogeait-il, laquelle des archiduchesses allait-on lui confier ? Il en restait deux qui n'étaient pas encore mariées : Marie-Caroline, âgée de quinze ans, et la petite Marie-Antoinette, qui en avait douze. Très certainement, cela serait Marie-Caroline, décida l'abbé, bercé, ou plutôt ballotté, dans sa chaise de poste. Quinze ans, c'était l'âge où l'on se préoccupe des fiançailles et il était logique de marier l'aînée avant la cadette.

On disait que l'impératrice Marie-Thérèse élevait ses nombreux enfants avec la plus grande vigilance. Bien entendu, le gouvernement de ses trois royaumes ne lui laissait pas le temps de veiller chaque jour en personne sur les progrès de chacun et de chacune. Elle avait réuni pour cela tout un collège de gouvernantes et de précepteurs. À la naissance des aînés, Marie-Thérèse avait rédigé un programme d'éducation valable pour toute la nichée, filles et garçons. À Paris, pendant les quelques jours qui avaient précédé le départ, l'évêque en avait décrit les grandes lignes à Vermond. Les enfants de l'impératrice d'Autriche devaient être élevés avec respect mais fermeté. Il n'était pas question de les laisser faire leurs quatre volontés mais on devait toujours en appeler à leur raison et leur expliquer pourquoi on ne leur cédait pas. Ils devaient vivre dans un confort modéré. Point trop de chauffage et une nourriture simple. Jamais de sucreries, l'impératrice insistait sur ce point. Avec les petits, il était recommandé aux gouvernantes de ne pas utiliser le parler enfantin ou tout autre langage bêtifiant qui ne servaient qu'à les retarder dans leurs apprentissages. Devenus plus grands, les études devaient être sérieuses mais de longues plages de temps libre étaient réservées pour jouer sans contrainte. Le théâtre, la comédie, la musique et toutes les formes d'expression étaient encouragés. Une idée intéressait particulièrement Vermond, c'était celle qui concernait l'éducation religieuse. L'impératrice préconisait une pratique régulière mais peu contraignante afin que les enfants s'accoutument aux devoirs de la religion par la douceur et la force de l'habitude.

L'abbé Vermond trouvait ces principes tout à fait originaux et modernes. L'éducation, au temps de sa propre enfance, il n'y avait pas si longtemps de cela, était quelque chose de triste. La sévérité avant tout. Des leçons et des études interminables. Des maîtres austères. Des distractions rares. Le petit Vermond, grâce à son caractère agréable et à une aptitude naturelle pour l'étude, avait traversé cette période avec plutôt moins de désagréments que ses condisciples, mais il ne gardait pas de son enfance un souvenir éblouissant.

Cependant, depuis quelques années, au contraire de tout ce qui avait toujours été pratiqué, la mode était venue à l'éducation dite « naturelle ». L'arrivée d'*Émile* avait bouleversé les traditions de l'éducation. Désormais, il était à la mode d'élever les enfants sans contrainte, comme l'*Émile* de Jean-Jacques Rousseau[1].

On parlait beaucoup d'*Émile* parmi les maîtres du collège où Vermond exerçait ses fonctions. Les professeurs s'attendaient à l'arrivée prochaine dans

1. Le roman *Émile* du philosophe Jean-Jacques Rousseau paraît en 1762. Dans ce roman consacré à l'éducation, le jeune Émile est élevé en liberté dans la nature. Émile s'instruit par goût et par l'observation et non par obligation.

leurs classes de toute une génération de petits Émiles. Ils prophétisaient que les plus doux serviraient de têtes de Turc à leurs jeunes camarades. Et les caractères brutaux, ceux qui auraient bien observé la nature et assimilé sa règle essentielle – manger ou être mangé – mèneraient la vie dure aux autres. Et les professeurs étaient unanimes sur un point : ces enfants élevés selon la méthode de Rousseau seraient tous ignorants comme des cruches.

L'abbé, en roulant à travers la campagne, se souvenait de ses moroses années d'écolier et songeait que tout n'était pas faux dans le livre de Jean-Jacques Rousseau, loin de là. Le roman était excessif, certes, mais il contenait de bien belles idées. L'impératrice d'Autriche, pensait-il, avait développé dans son projet des vues proches de celles du philosophe mais elle parvenait à demeurer dans des limites raisonnables. Une méthode comme la sienne devait former des jeunes gens à l'esprit indépendant, à la curiosité en éveil, et capables de discipline. À quinze ans, Marie-Caroline n'était plus une enfant. Après avoir bénéficié d'une telle éducation, elle se trouverait sûrement être une jeune personne pleine de raison, cultivée, et désireuse de s'imprégner de culture française. Un régal pour un professeur.

C'était d'ailleurs une sage idée de la faire demeurer à Vienne jusqu'à son mariage, pensait le jeune homme. La cour de Versailles n'était pas un endroit pour élever une jeune fille. La cour du roi Louis XV était tout sauf édifiante. C'était même un festival de mauvais exemples.

Pendant vingt ans, sans se soucier du scandale, le roi avait fait vivre sous le même vaste toit de Versailles sa femme, la reine Marie, et sa favorite, Mme de Pompadour. Et puis la mort était passée par là, emportant d'abord la Pompadour, puis la reine, laissant Louis XV en quelque sorte doublement veuf. Pendant un temps, le roi, qui avec tout cela n'était plus très jeune, avait semblé s'assagir mais on commençait déjà à chuchoter qu'une gracieuse et mystérieuse silhouette féminine avait été aperçue à plusieurs reprises aux alentours de l'appartement royal.

Les trois petits-fils du roi – le dauphin et ses frères –, depuis la mort de leurs parents[1] vivaient avec leurs gouverneurs. On disait que le roi les voyait fort peu et qu'il se souciait le moins possible de leur éducation.

En y réfléchissant, il n'y avait en France dans la famille royale aucune femme adulte raisonnable

1. Les trois garçons – le dauphin, le comte de Provence et le comte d'Artois – avaient alors 13, 12 et 10 ans. Leur père, le fils de Louis XV était mort trois ans plus tôt. Leur mère, l'année précédente.

capable d'accueillir et d'aimer la petite Autrichienne. Il y avait bien *Mesdames*... Ah, bien oui ! parlons-en de *Mesdames*[1], filles du roi... Quatre vieilles filles bigotes qui ne faisaient rien de leurs journées. La principale occupation de leur vie avait consisté à détester la Pompadour, la maîtresse de leur père, et à préparer des plans, ratant toujours, pour lui barrer la route. Jolies éducatrices, vraiment ! Non, décidément, songeait le jeune professeur qui se sentait déjà plein d'affection et de sollicitude pour sa future élève, Versailles n'était pas un lieu convenable pour *sa* Marie-Caroline.

Et à qui la destinait-on, Marie-Caroline ? Allait-elle épouser le dauphin ou l'un de ses frères ? Serait-il possible que lui, l'abbé Vermond, soit bientôt précepteur de la dauphine, de la future reine de France ? C'était à faire rêver, en vérité. Marie-Caroline était un peu plus âgée que les trois princes français, mais cela ne voulait rien dire. Il y avait de nombreux exemples de mariages royaux dans lesquels la jeune fille était l'aînée. C'était même souvent considéré comme un bon arrangement car le jeune couple pouvait avoir des enfants plus tôt, ce qui était le premier de ses devoirs. Alors : serait-ce

1. Mesdames : Adélaïde, Sophie, Victoire et Louise, les filles du roi Louis XV. Elles n'étaient pas mariées. En 1768, elles avaient entre 36 et 31 ans et vivaient à Versailles.

le dauphin, le comte de Provence ou le comte d'Artois ? C'était bien difficile à dire car les mariages des frères cadets du roi étaient aussi des affaires d'État. L'abbé connaîtrait la réponse à Vienne...

Vienne, la ville de la musique, la cité des « turqueries[1] »... L'abbé Vermond, que les cahots de la route rendaient somnolent, eut le temps avant de s'assoupir de se promettre d'aller entendre tous les concerts qu'il pourrait pendant son séjour en Autriche.

1. Morceaux de musique et mascarades en costumes turcs.

Chapitre 3

Une famille bourgeoise dans une très grande maison

De Vienne, Vermond se rendit à Schönbrunn, la résidence de l'impératrice et de ses enfants. Depuis la ville, il fallait une heure de route. Dès que la façade du château fut en vue, il sortit la tête à la fenêtre de la voiture. Sa première impression – c'était d'ailleurs celle de la plupart des visiteurs – fut que Schönbrunn ressemblait à Versailles, en moins grand. Mais quand la voiture s'arrêta il ne lui fallut que quelques minutes pour saisir la différence essentielle qui existait entre le palais français et le palais autrichien.

À Versailles, il y avait foule à toute heure du jour et même de la nuit. Quand on arrivait de Paris, la grande cour était en permanence emplie de monde et envahie de carrosses. Il y avait des chevaux et du crottin partout. Des seigneurs, des courtisans et des gens de toutes conditions allaient et venaient, et cette foule faisait du bruit comme sur une place de marché. Les membres de la famille royale – le roi, *Mesdames* – vivaient au milieu de ce va-et-vient comme sur la scène d'un immense théâtre, chacun essayant de dérober au public quelques moments d'intimité en se retirant dans les pièces les plus reculées de ses appartements.

Schönbrunn était un havre de paix entouré d'arbres. Tout ici était calme et tranquillité. Quand Vermond descendit de voiture, un coucou, le premier de la saison, chantait au loin. Personne n'habitait à Schönbrunn que l'impératrice et ses enfants, et personne n'y entrait sans avoir été dûment invité. Même les quelques voitures et carrosses qui circulaient sur l'esplanade avaient l'air de rouler avec précaution pour ne déranger personne.

Marie-Thérèse et ses enfants vivaient à Schönbrunn comme une famille bourgeoise dans une très grande maison. Quand il fallait se montrer au peuple ou à la noblesse, la mère et les enfants se prêtaient au jeu de bonne grâce mais, le plus souvent, on vivait entre soi, en famille et dans l'intimité.

Dès qu'on l'informa de l'arrivée de l'abbé Vermond, l'impératrice le reçut dans la vaste pièce tournée vers le jardin qui était son cabinet. Marie-Thérèse avait alors cinquante et un ans. Jeune, elle avait été une femme d'une grande beauté, svelte, longue et les cheveux d'un blond ardent. L'âge lui avait apporté un peu d'embonpoint mais son visage était on ne pouvait plus majestueux et son maintien d'une noblesse inégalable. Elle était entièrement vêtue de noir. Elle ne quittait pas le deuil depuis la mort de son époux, le prince François-Étienne de Lorraine[1], survenue trois ans plus tôt ; décès dont, disait-on, elle ne se consolait pas.

— Monsieur Vermond, demanda l'impératrice, savez-vous exactement pourquoi je vous ai prié de venir ?

— Non, Votre Majesté, répondit l'abbé.

— C'est fort simple. Ma fille Antoinette va épouser le dauphin de France. Or il se trouve qu'elle ne sait rien. Mais alors, ce qu'on appelle : *rien*. À peine de français ; une écriture consternante ; pour la lecture, elle s'arrête sur chaque mot de plus de trois syllabes ; l'orthographe, n'en parlons pas ; l'histoire et la géographie, elle ne sait pas ce que ces mots signifient. Pour ce qui est de la tenue, elle se conduit en enfant plutôt qu'en princesse et s'en soucie comme de colin-tampon. Je lui ai donné notre grand Gluck[2] comme maître de musique, disons qu'elle parvient à jouer quelques notes, les

1. François-Étienne de Lorraine portait le titre d'empereur d'Allemagne mais il n'était que l'époux de l'impératrice. C'était Marie-Thérèse qui détenait tout le pouvoir politique.

2. Célèbre compositeur viennois (1714-1787).

marteler serait d'ailleurs plutôt le terme qui convient. Ah, si ! elle danse très joliment... Monsieur l'abbé, avec tout cela, je veux que nous fassions une véritable dauphine, une dauphine qui soit l'orgueil de la Maison d'Autriche !

La première pensée de Vermond, abasourdi par le flot de paroles de son auguste interlocutrice, fut que l'impératrice faisait moins d'embarras et de cachotteries que son ambassadeur à Paris, le pompeux Mercy-Argenteau. Au moins les choses étaient clairement dites : la jeune Marie-Antoinette – Antoinette était le nom affectueux réservé à l'intimité familiale –, âgée de douze ans, allait épouser l'aîné des princes français, Louis-Auguste, le dauphin, qui en avait treize.

L'abbé ne put se défendre d'un pincement au cœur en pensant à Marie-Caroline, *sa* Marie-Caroline, à laquelle, sans l'avoir jamais vue, il s'était déjà attaché. Pourquoi Marie-Antoinette et pas Marie-Caroline qui était la plus grande ? s'interrogea-t-il presque malgré lui. Mais il prit soudain conscience de l'absurdité de ses pensées. De quoi s'occupait-il, lui, le petit abbé Vermond de se mêler des mariages des archiduchesses d'Autriche ? Sa vanité en trois semaines avait donc gonflé à ce point ? Il chassa dans un coin de son esprit le poétique souvenir de cette princesse de quinze ans qu'il n'avait jamais rencontrée et concentra toute son attention sur les propos de l'impératrice. Son élève, donc, serait Marie-Antoinette, la plus jeune des filles de la maison.

— Quand mon frère le roi[1] et moi-même sommes enfin tombés d'accord pour ce mariage, poursuivait l'impératrice, mon premier souci, vous le comprendrez bien, monsieur l'abbé, a été qu'Antoinette apprenne le français. J'entends le français de France, pas le français de ses gouvernantes qui est plus autrichien qu'un *Apfel Strüdel*[2]. Nous n'avions pas de temps à perdre. Je voulais commencer très vite. Or il se trouve que nous avons en ce moment à Vienne une troupe de comédiens français. Des gens drôles, pleins de talent... Voilà ce qu'il nous faut, ai-je pensé. Le français, la diction, le maintien, l'expression en public, Antoinette va apprendre tout cela et nous avons commencé les leçons le jour même. Mais dès qu'à Paris ils ont su que la future dauphine prenait ses leçons avec des acteurs, ils ont jeté les hauts cris. *Mesdames,* l'entourage du roi... « Ciel ! Imaginez ! Des acteurs ! Des gens de mauvaise vie ! Des gens sans moralité ! Quelles fréquentations pour notre future dauphine !... » J'ai donc dû renvoyer mes acteurs et c'est bien dommage car

1. Marie-Thérèse désigne ainsi Louis XV. C'est une formule de courtoisie. Ils n'étaient pas parents.

2. Gâteau aux pommes (spécialité autrichienne).

il entre beaucoup de comédie dans le métier de reine et, tant qu'à faire, autant l'apprendre avec des gens de la profession.

Vermond aimait beaucoup aller au théâtre mais le préjugé contre les comédiens était très vivace en France. Il n'avait rien de façon personnelle contre les acteurs, cependant de là à leur confier une jeune enfant à éduquer... Il ne put retenir un infime raidissement du buste qui n'échappa pas à l'impératrice, à qui du reste rien n'échappait. Elle sourit.

— Je vois que vous sourcillez, monsieur l'abbé. Vous partagez donc les préventions de mon frère le roi et de *Mesdames* ?

L'abbé, au comble de la gêne d'avoir ainsi désapprouvé de façon visible l'impératrice, ne sut que balbutier :

— Je... Votre Majesté... C'est-à-dire...

Marie-Thérèse eut un geste apaisant de la main qui signifiait qu'il était bien libre de ses opinions et que tout cela était désormais sans importance.

— Pour ne froisser personne en France, poursuivit-elle, j'ai remercié les acteurs et j'ai demandé à mon frère le roi de m'envoyer au plus vite un précepteur français pour Antoinette. Vous voilà. Et je suis bien soulagée de vous voir arriver.

Vermond, très ému, s'inclina.

— C'est moi, Votre Majesté, qui suis infiniment honoré d'être à Vienne. Et je vous promets tout mon dévouement, ainsi qu'à Son Altesse l'archiduchesse.

— J'en suis bien persuadée, monsieur l'abbé, croyez-le.

Marie-Thérèse songea un instant, puis reprit :

— Vous devez vous demander, monsieur l'abbé, comment l'éducation de cette enfant a pu s'en aller ainsi à vau-l'eau...

Certes, sans bien sûr oser la formuler, Vermond se posait cette question. Après avoir lu le programme éducatif rédigé par l'impératrice, avoir médité sur ce sujet pendant les trois cahotantes semaines de son voyage, avoir conclu que ce programme était fort bon, il comprenait mal le calamiteux tableau que l'impératrice venait de brosser. Sans doute, se disait-il, l'impératrice exagérait... Elle lui noircissait la situation afin de stimuler son ardeur.

— Ce qui s'est passé, monsieur l'abbé, c'est que mon programme qui avait fonctionné tant bien que mal pour les aînés a été au fil du temps de moins en moins observé. Aujourd'hui, ce n'est qu'un recueil de vœux pieux que plus personne ne lit. Aussi, mes quatre derniers sont-ils fort mal élevés. On a tout de même réussi à inculquer quelques bribes d'instruction à Marie-Caroline et à Ferdinand ; disons qu'avec eux, on peut dissimuler les dégâts. Mais, Antoinette et Maximilien... Comme je vous le disais tout à l'heure, ils ne sont pas élevés du tout. Maximilien a onze ans, nous aurons encore le temps de rétablir la situation... Mais Antoinette, avec sa cervelle d'oiseau, dans deux ans au plus tard sera dauphine de France et les yeux de l'Europe entière seront tournés vers elle. Monsieur l'abbé, les minutes nous sont comptées.

— Je comprends bien la situation, Votre Majesté, mais, je... si j'osais, pourquoi...

— Pourquoi a-t-on cessé d'observer mon programme ? Parce que mes gouvernantes et mes précepteurs sont devenus vieux, paresseux, et qu'ils ne croient plus à leur mission. Tenez, *Frau*[1] Brandeiss, la première gouvernante !... Elle a élevé tous les aînés avec fermeté et intelligence. Aujourd'hui, vingt-cinq ans plus tard, elle est devenue *Muti*[2] Brandeiss. Elle passe tout aux enfants parce qu'elle a compris qu'il est infiniment plus facile et confortable de céder que de contraindre et d'argumenter. Et en prime, les enfants l'adorent. Elle aurait bien tort de se gêner !... C'est *Muti* Brandeiss par-ci, *Muti* Brandeiss par-là, *Muti* Brandeiss ma chérie !... Embrasse-moi, je t'en prie, chère *Muti* Brandeiss !... Et cette vieille sotte qui se vante d'être plus l'« amie » de mes filles que leur gouvernante !... Des archiduchesses n'ont pas besoin d'une amie, elles ont

1. Madame, en allemand.
2. Maman, en allemand.

besoin d'une main ferme qui leur apprenne la vie et leur épargne ainsi bien des malheurs à venir. Mais je dois reconnaître qu'il y a de ma faute dans tout cela. Depuis le décès de feu l'empereur mon époux, j'ai moins pris sur moi de surveiller ce qui se passait dans l'appartement des enfants.

Vermond baissa les yeux, gêné et ému par l'évocation à la fois discrète et humaine de cette douleur. L'impératrice se pencha pour ouvrir un tiroir. Elle en sortit quelques feuilles de papier qu'elle tendit à l'abbé.

— Vous allez comprendre, monsieur l'abbé. Voyez ces devoirs d'Antoinette. Ce sont des devoirs d'écriture et de français que *Frau* Brandeiss m'a remis il y a environ deux mois.

Le nouveau professeur de l'archiduchesse se pencha sur ce premier échantillon du travail de son élève. Les quelques pages étaient couvertes d'une écriture sage et puérile. La calligraphie était enfantine, presque encore maladroite, mais on discernait une certaine attention. Les pages étaient propres, on notait peu de ratures et le travail était bien achevé. C'étaient les devoirs d'une enfant encore fort jeune d'esprit mais qui ne manquait pas d'application... En tout cas, il n'avait pas sous les yeux une écriture « consternante »...

— Ne dites rien, monsieur l'abbé, dit Marie-Thérèse, je sais ce que vous pensez. J'ai pensé exactement la même chose.

Elle lui présenta une autre feuille :

— Et voici le résultat de quelques lignes que j'ai dictées moi-même, dans ce cabinet, à Antoinette, il y a de cela un mois.

C'était un barbouillage affreux, des lettres mal formées, des lignes qui montaient et descendaient, une orthographe phonétique ou presque, des taches et des ratures. Vermond, perplexe, comparait les feuilles.

— Pure triche, fraude organisée, expliqua l'impératrice en désignant les devoirs propres. J'ai sommé Antoinette de s'expliquer. Naturellement, elle a d'abord pris l'air de tomber des nues et affirmé, en me regardant dans les yeux, avoir accompli seule les tâches que *Frau* Brandeiss me remet régulièrement. Je n'ai pas eu besoin d'insister beaucoup pour apprendre la vérité. C'est sa sœur Marie-Caroline qui lui prépare ses devoirs au crayon, Antoinette n'a plus qu'à les repasser ensuite à la plume. Et, bien entendu, Brandeiss jure ses grands dieux ne s'être jamais aperçue de rien !... Croyez que j'ai lavé la tête à ces trois nigaudes comme il convenait. Moi qui ai toujours encouragé mes enfants à s'aider entre eux et à observer la solidarité, on peut dire que me voilà servie.

Marie-Thérèse rassembla les feuilles de papier.

— J'ai pris des dispositions. Marie-Caroline a quitté l'appartement des enfants. Oh, ne croyez pas que ce soit par punition, monsieur l'abbé !... Elle est fiancée au roi de Naples. Dans trois mois, elle va quitter Vienne pour l'Italie. Il est temps pour elle de commencer à vivre en grande personne. Et cette complicité trop étroite avec Antoinette n'était bonne ni pour l'une ni pour l'autre. Il n'y a qu'à voir les sottises qu'elles arrivaient à commettre ensemble... dit l'impératrice avec un geste vers les feuillets falsifiés. Elles seront toutes les deux reines. Elles doivent prendre conscience de leur rang et apprendre à se passer l'une de l'autre... Et j'espère aussi qu'une séparation progressive adoucira pour elles la peine du départ.

L'abbé Vermond comprenait soudain avec une sorte d'effroi le destin de ces jeunes filles de rang royal qu'on déracinait pour les envoyer se marier au loin. Marie-Caroline à Naples. Marie-Antoinette à Paris. Comme les pièces d'un grand jeu d'échecs, Marie-Thérèse plaçait ses nombreux enfants sur les trônes d'Europe. De toute évidence, elle n'était pas inconsciente du déchirement que représentaient ces exils pour des enfants si jeunes. Elle aussi éprouvait de la douleur à voir ses filles partir ainsi au loin. Mais sans doute, pensa Vermond, considérait-elle ces séparations comme un devoir. Ces ruptures étaient des épreuves inévitables, indissociables de leur rang.

— Voyez-vous, monsieur l'abbé, dit pensivement l'impératrice, ce qui me trouble le plus dans cette affaire de devoirs recopiés, c'est qu'Antoinette se soit obstinée à mentir malgré l'évidence de sa faute, et, qu'en dépit de tous mes beaux discours, elle n'éprouve aucun regret d'une conduite aussi absurde pour une future dauphine. Non ! Je suis obligée de constater qu'elle est seulement contrariée de s'être fait prendre. Ceci témoigne d'une inconséquence et d'une légèreté de caractère qui me font peur pour l'avenir.

— Je crois, dit le jeune homme, que la faute de Son Altesse est vénielle. Ce n'est qu'un enfantillage. Je me permets de penser que Votre Majesté ne devrait pas se tourmenter pour si peu.

— Le Ciel vous entende, monsieur l'abbé, le Ciel vous entende...

Chapitre 4

« J'ESPÈRE QUE NOUS SERONS ÊTRE AMIS. »

Marie-Antoinette de Lorraine-Habsbourg, à douze ans, était ce qu'on appelle une délicieuse enfant. Elle n'avait pas cette joliesse classique, petit nez, petit menton, qui fait ressembler certaines enfants à de petites fées. Elle avait un beau teint clair, les yeux bleus, le visage un peu long, la bouche un peu grande, toujours prête à pouffer de rire, le corps encore menu pour son âge, les jambes minces et de petits pieds en perpétuels mouvements. Et surtout, il y avait en elle une joie de vivre naturelle et un appétit de s'amuser qu'elle semblait communiquer à tous ceux qui l'entouraient.

L'abbé Vermond, dès qu'il rencontra Marie-Antoinette, sentit nettement la puissance de son charme. Son Altesse lui fit une révérence qui était un mélange très réussi de grâce et d'espièglerie. Il ne put s'empêcher de sourire alors que le moment était plutôt à la solennité. Une pensée lui vint à propos de *Frau* Brandeiss ; il se dit qu'il comprenait tout à fait la brave dame de ne pas avoir eu souvent le courage de gronder Son Altesse.

— Monsieur l'abbé, dit la petite archiduchesse, je suis heureuse que vous êtes bien arrivé.

Elle ajouta en rosissant :

— J'espère que nous serons être amis.

Vermond, charmé de ce naturel et de cette spontanéité, salua profondément sa nouvelle élève.

— Votre Altesse, je suis moi aussi infiniment heureux d'être à Schönbrunn et je vous promets tout mon dévouement. Si Sa Majesté votre mère le permet, je vais prendre tout de suite mes fonctions et rectifier votre aimable phrase. Il faut dire : « Je suis heureuse que vous *soyez* arrivé », et « J'espère que nous *serons* amis. »

— Voilà qui va des mieux, dit l'impératrice qui aimait qu'une fois les décisions prises, les choses aillent bon train. Commencez au plus tôt vos leçons, monsieur l'abbé, aujourd'hui même me semblerait une très bonne idée... Je vous recevrai tous les samedis à midi afin d'entendre votre rapport de la semaine. Antoinette ! écoutez en tout monsieur l'abbé et obéissez-lui. Travaillez avec ardeur, je compte sur vous.

— C'est promis, ma très chère Maman, dit la petite avec un air d'inébranlable résolution.

*

Deux semaines plus tard, Vermond avait une idée assez précise des goûts de Son Altesse en matière d'études. Et surtout de ses non-goûts.

Pour commencer, Son Altesse n'éprouvait aucun intérêt pour les livres. Un livre, quels que soient sa grosseur et son contenu, n'était pour elle qu'un instrument d'ennui, que chacun – on se demandait bien pourquoi – s'obstinait à vouloir lui faire absorber en affirmant qu'elle en retirerait le plus grand bien. Une sorte de grosse pilule d'intelligence très peu agréable à avaler. Son attention quittait immanquablement le fil du texte au bout d'une demi-page. Elle posait alors une question qui n'avait aucun rapport avec la lecture et qui plongeait son professeur dans la perplexité. Les premiers jours, il s'était creusé la tête pour trouver quelle mystérieuse association d'idées avait pu conduire Antoinette de la fable du lion et du moucheron à la question inopinée : « Savez-vous monter à cheval, monsieur l'abbé ? » Après quelques soirées de méditation, il conclut qu'il n'y avait aucune association d'idées. Tout simplement la lecture rasait Son Altesse et Son Altesse pensait à autre chose.

Quand, tant bien que mal, on parvenait au point final, il fallait tirer un enseignement de ce texte, une morale… Là encore, Antoinette n'en voyait nullement la nécessité. Vermond tentait de l'amener à trouver seule une conclusion :

— Voyons, Altesse, que comprenez-vous de cette fable ?

— Je ne sais pas… Le lion est bête mais le moucheron est bête aussi…

— Essayez d'aller plus loin, Altesse, approfondissez… Comment se comportent-ils l'un et l'autre ?

La petite lui décochait un sourire câlin et confus qui recouvrait une intention bien arrêtée de ne pas se creuser la tête à propos d'une histoire qui avait déjà été suffisamment assommante à lire pour ne pas devoir en rajouter.

— Je ne vois pas, monsieur l'abbé…

À force d'inertie, elle obtenait que le professeur expose lui-même la conclusion.

— Ah ! bien sûr, disait-elle alors poliment.

Bref, enseigner la littérature à Son Altesse s'annonçait chaotique. « Ce n'est pas qu'elle ne soit pas intelligente, pensait Vermond avec regret, son jugement est presque toujours juste si je lui présente les idées tout éclaircies… Le malheur vient de ce qu'on ne l'a jamais habituée à approfondir une pensée. »

C'était une situation délicate pour le jeune professeur car l'impératrice attachait une importance capitale à la culture qui s'acquiert par les livres. Pour elle, il n'y avait point d'intelligence sans bonnes lectures. Et son fils aîné, l'empereur Joseph[1], était sur ce point en accord total avec sa mère, ce qui méritait d'être souligné car la mère et le fils n'étaient en général d'accord sur rien. Eh bien, pour une fois, ils l'étaient : il fallait que Marie-Antoinette lise ! Mais le moyen, songeait Vermond, de faire lire quelqu'un qui n'aime pas lire... Il s'en sortait en restant dans le flou. Il annonçait à l'impératrice des progrès, point très rapides, certes, mais prometteurs. Et il se creusait la tête pour découvrir le texte et l'auteur qui, miraculeusement, feraient aimer les livres à Antoinette.

Il ne les trouva jamais.

Ensuite venait l'écriture que Son Altesse détestait autant que la lecture. Le retard était considérable. Antoinette écrivait comme une enfant de six ans. Tout était à reprendre et la jeune fille n'avait guère la patience de recommencer les exercices d'écriture qu'on demande aux jeunes enfants. Mais Vermond sut cette fois trouver les mots pour convaincre :

— Votre Altesse, il faut comprendre que vous ne pouvez pas arriver à la cour de France avec une écriture comme celle-là. À la première lettre que vous signerez, tout le monde se moquera de vous.

1. Joseph II, le fils aîné de Marie-Thérèse, alors âgé de vingt-sept ans. Il portait le titre d'empereur d'Allemagne depuis la mort de son père.

La petite se rebiffa :

— Je voudrais voir cela ! Ils n'oseront jamais !

— Oh, si ! Altesse, ils oseront. Le peuple français est le plus moqueur du monde.

— Je serai leur reine, dit Antoinette avec hauteur.

— À Versailles et à Paris, expliqua l'abbé, la repartie, la raillerie sont plus qu'une habitude, c'est un mode de vie. C'est quelque chose qui est difficile à imaginer quand on vit à Vienne. Nul n'y échappe s'il a le malheur de s'y exposer, même pas le roi, ni la reine. Et ce n'est pas nouveau. Je peux vous raconter qu'il y a plus de cent ans, on s'est beaucoup moqué, et très cruellement, de la reine Marie-Thérèse[1]. Il faut dire que la malheureuse était très sotte et qu'elle manquait rarement une occasion de le laisser voir. Ce n'est pas du tout votre cas, Altesse. Et vos lettres doivent le montrer. Vos lettres auront une importance énorme pour les gens qui les recevront, ce sera parfois le plus grand événement de leur vie. Votre signature aura presque force de loi. Votre écriture doit être grande et majestueuse. Elle doit vous ressembler.

Ces paroles touchèrent leur but. Antoinette les médita et consentit de méritoires efforts. Ainsi Vermond eut-il l'orgueil de pouvoir montrer à l'impératrice des pages dont l'écriture indiscutablement

1. Marie-Thérèse d'Autriche, la femme de Louis XIV.

s'affermissait. Il assurait lui-même la rédaction et l'orthographe mais la graphie commençait à ressembler à quelque chose. Rien d'extraordinaire pour quelqu'un de douze ans, mais on partait de si bas...

Restait le français. Il va sans dire que l'esprit d'Antoinette était totalement hermétique aux règles de grammaire, conjugaisons et autres listes de vocabulaire. L'abbé, qui avait vite appris à connaître son élève, ne s'y risqua même pas. C'était l'échec assuré. On n'avait plus le temps. En revanche, Son Altesse adorait le bavardage et il s'engouffra dans cette brèche. Il inventa pour elle une nouvelle méthode : le français par la conversation, et rien ne pouvait mieux convenir à Antoinette. La rapidité de ses progrès fit l'admiration de toute la cour de Vienne. Elle avait l'oreille fine. Elle s'appropria rapidement la prononciation et les tournures de phrase de son précepteur et eut vite l'accent français le plus parisien de Vienne. Il n'y avait rien en Europe de plus recherché que de bien parler le français et, pardessus tout, d'avoir l'accent de Paris. Tout le monde s'extasia sur l'aisance de Son Altesse. Le bon abbé Vermond reçut des avalanches de compliments qui le firent rosir de confusion.

Au cours de la conversation, Vermond corrigeait les fautes d'Antoinette. La mémoire de la jeune fille fonctionnait à merveille pourvu – estimait-elle –

que le sujet en vaille la peine. Et ainsi, sans apprendre une règle, ni bien sûr la liste de ses exceptions, par l'usage et l'habitude, elle acquit assez vite un français fluide et naturel.

Chaque samedi, comme convenu, l'impératrice recevait l'abbé Vermond. Après quelques semaines, Marie-Thérèse, soulagée par les progrès déjà visibles de sa fille, en fit compliment à l'abbé. Il s'ouvrit à elle avec honnêteté des limites de sa méthode :

— Pour la langue française, dit-il, Votre Majesté n'a pas de souci à se faire. Son Altesse la parlera bientôt comme une jeune Française. Je la laisse parler autant qu'elle en a envie, c'est-à-dire presque sans cesse, mais toujours en français. Elle ne s'en rend pas compte mais elle travaille son français toute la journée.

L'impératrice approuvait tout en examinant une page écrite par sa fille. Les quelques lignes étaient ordinaires mais la page était signée *Marie-Antoinette* et Marie-Thérèse s'attardait sur cette signature. Il y avait quelque chose de nouveau. L'écriture de la signature était ferme et haute. On y décelait quelque chose qui ressemblait peut-être, oui, en effet, à de la maturité.

— C'est mieux, n'est ce pas ? demanda-t-elle en levant les yeux.

— En effet, Majesté, c'est mieux. Son Altesse semble avoir pris conscience de l'importance de la qualité de son écriture.

— Et comment ce miracle-là a-t-il eu lieu ? Le Saint-Esprit s'est déplacé en personne ?

— J'ai parlé à Son Altesse de sa grandeur future. Je crois qu'elle m'a entendu.

— Moi aussi, je lui ai parlé de sa grandeur future ! Je lui ai tenu des discours entiers à propos de sa grandeur future !... J'aurais tout aussi bien pu lui chanter une chanson ou lui raconter les aventures du baron de *Thunder-trump-trump*[1], je l'aurais davantage intéressée.

— Je lui ai peut-être seulement rappelé quelque chose qu'elle savait déjà grâce à Votre Majesté.

L'impératrice sourit franchement :

— Vous êtes charmant, monsieur l'abbé ! Votre modestie est rafraîchissante. Disons les choses comme elles sont : vous vous êtes montré meilleur diplomate que moi, je le reconnais avec plaisir.

— La graphie s'améliore mais l'orthographe reste, disons, assez primitive, Majesté.

— C'en est à ce point-là ?

— Ce qui me navre, c'est que si seulement Son Altesse voulait donner de l'attention à ce qu'elle écrit, elle pourrait ne faire que très peu de fautes. Mais elle ne s'applique qu'à ce qui l'amuse.

1. Thunder-trump-trump est le nom du château du baron de Münchhausen, un personnage de conte alors très populaire chez les enfants.

— Tant pis, monsieur Vermond ! dit l'impératrice qui ne perdait jamais de vue l'aspect pratique des choses. Si l'écriture s'améliore, c'est déjà un résultat. Cela signifie que nous pourrons bientôt montrer ses lettres au monde... En France, cela serait très bien venu... Et pour l'orthographe, eh bien ! dans un premier temps, elle n'aura qu'à faire des brouillons.

Vermond trouvait ce bon sens un peu cynique, toutefois il s'inclina.

— Il y a aussi l'histoire, la géographie, les belles-lettres, Majesté. Je le regrette, mais elles n'intéressent aucunement Son Altesse. Je crois parfois qu'elle m'écoute mais son esprit est à mille lieues.

L'impératrice médita un moment avant de demander :

— A-t-elle de bonnes lectures ?

— Certainement, Majesté, j'y veille. Mais je ne peux pas dire qu'elle en retire une vaste culture.

— Ce n'est peut-être pas si grave, monsieur Vermond... Voyez-vous, Antoinette, comme ses sœurs, sera reine, mais seulement en tant qu'épouse du roi. Elle n'aura jamais part au gouvernement. Leur rôle est d'obéir, pas de commander. Alors, si elle a peu de culture, nous nous en arrangerons... Essayez tout de même de lui faire entrer un peu d'histoire de France dans la tête.

La pensée qui vint alors à l'esprit de Vermond fut que, pour des personnes dont l'état serait de toujours obéir, l'impératrice élevait bien mal ses filles. Le projet d'éducation de Marie-Thérèse visait à construire des enfants qui lui ressemblent. Des enfants au caractère volontaire et à l'esprit critique en éveil. Apparemment, il n'était pas venu à l'esprit de l'impératrice qu'elle préparait le plus mal possible des jeunes filles destinées à la soumission. Au reste, il n'y avait qu'à les regarder vivre, les frères et les sœurs Habsbourg, les archiducs et les archiduchesses... C'étaient tous de fortes volontés, des insoumis, des rueurs dans les brancards... À commencer par Joseph II qui ne craignait nullement de tenir tête à son imposante mère... Jusqu'à la petite Antoinette, qui en alternant habilement les armes qu'elle avait à sa disposition, la séduction et l'inertie, parvenait à ne jamais faire que ce qu'elle voulait bien faire... « Leur rôle est d'obéir... » Eh bien ! c'était mal parti.

— Vous voilà tout songeur, monsieur Vermond, dit l'impératrice. À quoi pensez-vous ?

Il se reprit :

— À rien, Majesté ! À rien d'important. Ou plutôt, si ! à ce que Votre Majesté vient de me dire... Je vais en effet insister sur l'histoire de France.

L'impératrice sourit :

— J'ai remarqué que vous consacrez tout votre temps à ma fille. Je vois par ma fenêtre que vous l'accompagnez au jardin, en promenade... Gardez quelques heures pour vous, monsieur l'abbé... Si vous trouvez qu'Antoinette abuse de votre temps, ne vous laissez pas faire.

— Oh ! Non, Majesté, Son Altesse est si gentille... C'est pour moi un bonheur d'être avec elle... Elle m'a, en quelque sorte, pris sous son aile. Elle a la bonté de toujours craindre que je me sente seul à Schönbrunn.

Chapitre 5

« Je vois bien que cela lui fait plaisir… »

Pour Antoinette, l'arrivée de l'abbé Vermond à Schönbrunn avait été une heureuse surprise, presque une libération. Les années qui venaient de s'écouler n'avaient pas été très gaies dans l'appartement des enfants.

Marie-Thérèse, absorbée par ses royaumes, n'avait jamais eu beaucoup de temps à consacrer à ses enfants. C'était le papa, François-Étienne qui, ne gouvernant pas de royaume, lui, avait du temps libre à prodiguer. Il avait été le pourvoyeur de gaieté de l'appartement des enfants. Il savait jouer, se mettre à quatre pattes avec les petits et raconter des histoires drôles ou fabuleuses aux plus grands. Il dispensait de rassurantes leçons de catéchisme dans lesquelles Dieu était toujours bon, pardonnait toutes les bêtises des enfants, et venait en aide à chacun, petits oiseaux et petits archiducs. Cet impérial papa-poule collectionnait les œuvres d'art, se passionnait pour les sciences naturelles, embellissait le parc de Schönbrunn, créait un jardin de plantes tropicales et une ménagerie, et en outre faisait fortune en investissant dans les voyages au long cours et l'industrie naissante.

Trois ans plus tôt, au mois d'août de 1765, François-Étienne en sortant d'un spectacle de comédie avait ressenti un étourdissement. Il s'arrêta et s'appuya contre le cadre d'une porte. On s'empressa autour de lui. Il sourit, voulut rassurer tout le monde, dit que cela n'était rien, que c'était l'affaire d'un instant, qu'il se sentait déjà mieux, et il s'écroula mort sur le parquet.

Le désespoir de Marie-Thérèse fut illimité. Pendant des semaines, elle demeura enfermée chez elle. Elle coupa ses beaux cheveux blonds. Elle ne se vêtit plus que de noir et fit tendre tout son appartement de tissu de deuil. Elle eut même le désir de se retirer dans un couvent... Mais, un peu de temps ayant passé, elle revint à ses devoirs de mère et d'impératrice. Joseph, pensait-elle, était trop jeune pour prendre en charge l'empire. Il était impulsif, enclin à s'enthousiasmer pour les idées des philosophes sans en mesurer le danger. Et les cinq enfants les plus jeunes étaient encore à élever et à placer chacun sur un trône.

Marie-Thérèse, comme un soldat qui remonte son sac d'un coup de rein, avait repris sa tâche mais, alors qu'elle avait été une jeune femme si gaie, toute sa joie avait disparu.

Les deux sœurs, Marie-Caroline et Marie-Antoinette, étaient très proches. Durant ces années, elles s'étaient donné l'une à l'autre toute la tendresse que peuvent se donner deux fillettes qui ont perdu leur père et qui voient peu leur mère. Elles ne se séparaient jamais, dormaient dans des lits voisins, se confiaient chaque pensée, partageaient leurs secrets, leurs fous rires et leurs chagrins. Elles se ressemblaient. Elles avaient le même heureux caractère qui les aidait à supporter l'absence de François-Étienne et la douleur de Marie-Thérèse. La bonne Mme de Brandeiss s'efforçait de protéger les plus jeunes de la couvée en les dorlotant. L'heure, pensait la brave gouvernante, n'était pas aux remontrances ni aux gronderies mais à l'affection et à l'indulgence.

Et puis, la nouvelle, ou plutôt les nouvelles, du mariage français et du mariage napolitain, étaient arrivées presque en même temps. En théorie, c'étaient d'heureux événements, de grands honneurs, le monde entier vous félicitait... Il y avait de quoi légitimement s'enorgueillir. Mais cette perspective de départ était terriblement angoissante. Et c'en avait été fini de la douce vie paresseuse qu'on menait dans l'appartement des enfants. Marie-Thérèse s'était brusquement préoccupée de savoir où en était l'éducation de ses plus jeunes enfants et avait été atterrée de ce qu'elle avait découvert. Le laisser-aller dans toute sa splendeur. Pour tenter d'y remédier, Marie-Caroline avait été promue « grande personne » et installée dans un appartement indépendant. Les deux sœurs, qui ne s'étaient jamais quittées, ne se voyaient plus maintenant que par moments dans la journée. Chez les enfants, *Frau* Brandeiss et le corps des gouvernantes avaient été dûment chapitrés : plus de cajoleries, plus d'indulgence excessive, il fallait rattraper le temps perdu ! Depuis, ces braves dames assommaient Antoinette de conseils de maintien, de leçons de français et de pages d'écriture... On n'était plus que trois dans l'appartement des enfants. Ferdinand, Antoinette et Maximilien. C'était peu, on avait été si nombreux, autrefois. Les garçons étaient de joyeux compagnons mais ils ne remplaçaient pas la chère, la douce Marie-Caroline, la confidente et la sœur chérie entre toutes.

Il y avait bien eu ces journées passées avec les acteurs français, deux messieurs chargés de lui apprendre la diction et le chant. Antoinette avait cru faire la connaissance d'habitants venus d'une autre planète. Imaginez : des gens qui n'étaient pas de Vienne, ni même d'Autriche... Des gens qui n'appartenaient pas à la très haute noblesse, ni seulement à la noblesse tout court... C'était vraiment nouveau et passionnant ! Mais une lettre était arrivée ventre à terre de Paris. L'ambassadeur Mercy-Argenteau intimait l'ordre de cesser ces leçons au plus vite. Sa Majesté Louis XV avait été fort contrariée d'apprendre que la future dauphine fréquentait des acteurs. Quant à *Mesdames*, elles avaient cru s'en trouver mal. Les comédiens n'étaient plus revenus.

Les gouvernantes étaient nerveuses, effrayées par leur responsabilité et inquiètes d'encourir les reproches de l'impératrice. À chaque galopade avec les garçons, fou rire ou devoir oublié, elles s'écriaient : « Votre Altesse, ce n'est pas une tenue pour la dauphine de France ! » Antoinette eut cent fois envie de leur crier au visage : « Je ne suis pas encore dauphine de France ! Il sera toujours temps de bien me tenir et de m'ennuyer quand je le serai. Laissez-moi donc tranquille ! » Elle ne le fit jamais. Les gouvernantes l'auraient répété à sa mère, qui l'aurait grondée.

Et puis l'abbé Vermond était arrivé.

On avait prévenu Antoinette qu'un précepteur français avait quitté Paris pour elle et qu'il serait bientôt à Schönbrunn. Un nouveau précepteur, cela signifiait encore des livres, des devoirs et des leçons. Mais, après tout, avait songé la jeune princesse, il aurait du mal à être plus ennuyeux que ses actuelles maîtresses autrichiennes qu'elle supportait de plus en plus mal.

Il y avait déjà à Vienne deux Parisiens venus tout spécialement pour elle. D'abord, le coiffeur Larseneur. Il était aimable et racontait des histoires amusantes dans lesquelles il jouait plusieurs personnages à la fois tout en travaillant. Il avait imaginé pour Antoinette une coiffure moderne et commode, qui n'embarrassait pas la tête d'une montagne de rubans et de cheveux dressée comme un échafaudage. On adorait les modes à Vienne et la coiffure « à la dauphine » avait été vite copiée par toutes les élégantes. Il n'y avait pas à dire, c'était flatteur. Le second était le maître de danse Noverre qui avait la bonté d'être enchanté de son élève et de le lui répéter à chaque leçon.

Pour Antoinette, le coiffeur et le maître de danse étaient les deux premiers échantillons de la population française qu'elle rencontrait. Tous deux étaient chaleureux et indulgents. C'était un contact plutôt encourageant avec ses futurs compatriotes. Tous les Français étaient-ils aussi gentils ? Elle attendit l'abbé Vermond sans se réjouir particulièrement mais sans préjugé défavorable.

Ô surprise ! L'abbé Vermond ne ressemblait à rien de ce qu'elle avait imaginé.

Elle attendait un pédagogue austère. Sans trop savoir pourquoi, elle le voyait digne et maigre, avec une silhouette de héron et des favoris gris. Le nouveau précepteur était un jeune homme à la figure ronde et rose. Il rougissait pour un rien, souriait dès qu'il voyait Antoinette et riait volontiers. Il ne s'embarrassait d'aucun principe éducatif, et pour cause, il n'en avait pas, étant débutant dans le métier. Jamais Antoinette ne l'entendit dire : « On travaille ainsi parce que c'est la règle » ou « On doit faire ces exercices parce que ce sont d'excellents exercices que tous les écoliers doivent faire. » Non, quand une tâche rebutait Antoinette, elle expliquait en prenant l'air câlin qu'elle ne comprenait pas, et on passait à autre chose. Et par-dessus tout, il l'encourageait à parler et il l'écoutait. Et elle en avait des choses à dire, Toinette, qui n'avait plus personne à qui se confier depuis qu'on lui avait ôté Marie-Caroline !... Et il savait tant de choses sur cette France où il faudrait un jour aller vivre et pour cela quitter le cher Schönbrunn. De vraies choses, vues de ses yeux, pas des on-dit de on-dit répétés par des gouvernantes autrichiennes qui n'avaient jamais voyagé plus loin que les faubourgs de Vienne et qui croyaient tout ce qu'on leur racontait.

Vermond n'avait pas eu de sœur. Envoyé pensionnaire très jeune à l'école, il avait peu connu sa mère. Son enfance et sa jeunesse s'étaient écoulées à l'intérieur des murs du collège. Toute son énergie avait toujours été consacrée à l'étude. À Schönbrunn, il découvrait pour la première fois la compagnie féminine, l'affection partagée, la confiance donnée et la confiance reçue. Il apprenait aussi la vie familiale et le sentiment fraternel. Le destin si particulier de cette jolie enfant l'émouvait. Aider Marie-Antoinette devint rapidement le grand projet de sa vie. Ils ne se quittèrent presque plus. Antoinette voulait son nouvel ami toujours avec elle. Vermond ne se faisait jamais prier. Marie-Thérèse en fit un jour la remarque à sa fille :

— Antoinette, vous assujettissez trop l'abbé.

— Non, Maman, je vois bien que cela lui fait plaisir.

Chapitre 6

À LA CLAIRE FONTAINE

L'abbé Vermond avait entrepris de tout connaître des jardins de Schönbrunn. Antoinette lui montrait les allées, les enfilades, les points de vue, et concluait souvent : « C'est Papa qui a dessiné cela. » Il découvrait la douceur de vivre dans la nature. Il apprenait que chaque jour, si l'on prenait le temps d'observer, de sentir et d'écouter, on pouvait voir presque sensiblement avancer les saisons. Dans les différents collèges où il avait vécu, il y avait des jardins, mais qu'était-ce qu'un jardin de collège ? Quelques arbres, quelques allées sans grâce, des murs tout autour. Juste de quoi faire quelques pas et respirer un peu après l'étude.

Schönbrunn était un parc incomparable. Un jardin à la française dessiné et soigné comme une tapisserie, mais entouré par une forêt profonde à la nature intacte qui semblait être là depuis le début des temps. C'était pour cette forêt et pour ces lacs que les ancêtres de Marie-Thérèse avaient choisi Schönbrunn, la belle source[1], pour y construire leur rendez-vous de chasse. La maison forestière, embellie de roi en roi, s'était peu à peu transformée en palais. Et Marie-Thérèse avait aimé Schönbrunn au point de désirer y vivre toute l'année et d'en faire le centre de la vie de l'empire.

Vermond avait visité les jardins de Versailles les jours où ils étaient ouverts au public. Il avait parcouru toutes les allées, observé les points de vue, apprécié les perspectives. Versailles était une splendeur mais l'on n'y ressentait pas le silence et la sérénité qui régnaient à Schönbrunn. C'était sans doute, pensait-il, parce qu'à Versailles les allées étaient plus larges ; on voyait et on était vu de plus loin ; on y rencontrait sans cesse du monde et, même sous les charmilles ou dans le labyrinthe, on s'attendait à chaque croisement à tomber sur tout un groupe de personnes. La campagne autour de Versailles était jolie et vallonnée, mais coupée de routes, parsemée de fermes et de villages. Schönbrunn ressemblait à un bijou posé dans un écrin de forêts. On pouvait s'imaginer être au bout du monde, se croire Robinson dans son île.

Un jour que le précepteur et son élève se promenaient tous deux – on n'a pas besoin d'être assis

1. « Schön Brunn » signifie « belle source » en allemand.

pour des leçons de conversation –, Antoinette qui devinait peut-être le sujet des méditations de son professeur demanda :

— Êtes-vous déjà allé à Versailles, monsieur l'abbé ?

— Oui, Votre Altesse.

— Alors, trouvez-vous que Schönbrunn est tant beau que Versailles ?

— *Aussi* beau, Altesse, il faut dire : Schönbrunn est-il *aussi* beau que Versailles ? *Tant* beau, *tant* grand, *tant* petit, ce sont des expressions qu'on utilisait autrefois mais qui ne font plus très distingué aujourd'hui. Oubliez-les, Altesse.

— Alors, Schönbrunn est-il aussi beau que Versailles ?

Et sans attendre la réponse, elle poursuivit :

— On dit que Versailles est le plus beau palais et le plus beau jardin du monde, mais Papa disait que ça n'est pas vrai, que Schönbrunn est encore plus beau.

Vermond sourit.

— Pourquoi riez-vous et ne répondez-vous pas ? insista Antoinette.

— C'est-à-dire, Altesse, que je réfléchis à la réponse qui vous fera le plus plaisir. Schönbrunn est le jardin de votre enfance, Versailles sera votre domaine de reine. Reconnaissez que la question est délicate.

— Dites-moi ce que vous pensez, tout simplement.

— Eh bien, je crois que Versailles est un lieu magnifique, grandiose, splendide, et que Schönbrunn est un petit coin de paradis. Je pense que c'est votre papa qui avait raison.

Le visage de la jeune fille s'éclaira :

— C'est la réponse qui me fait plaisir.

Elle réfléchit un instant, puis demanda :

— Comment est la France ?

— Très belle, Votre Altesse.

— Plus belle que l'Autriche ? Vous dites cela parce que vous êtes français.

— Peut-être, mais alors je ne suis pas le seul.

Il poursuivit avec un brin de malice :

— Si vous consentiez à lire les poètes français que je passe mon temps à vous supplier de lire, vous verriez comme ils aiment décrire leurs paysages.

— Qu'ont-ils, ces paysages ?

— La douceur, Altesse, la douceur et l'harmonie.

— Ici aussi, les paysages sont jolis.

— Très, Votre Altesse, surtout dans un endroit aussi beau que Schönbrunn. Je voulais seulement dire que la France est un pays où il fait bon vivre et que je suis sûr que vous vous y plairez. Et puis, il n'y a pas que les paysages, il y a le temps aussi, le temps qu'il fait. L'hiver est moins froid, moins long... Chez nous, quand le printemps arrive, c'est pour de bon.

Il ajouta, l'air rancunier :

— Ici, dix fois, vingt fois, on croit que les beaux jours sont enfin là et pof ! le lendemain, il reneige.

Antoinette rit de bon cœur de la mine de chat fâché qu'avait prise Vermond pour se plaindre de l'hiver autrichien. Une idée lui vint, elle déclara soudain avec l'air triomphant du joueur qui s'apprête à poser un as sur la table :

— En tout cas, pour les fleuves, votre Seine ne peut pas valoir notre Danube.

— Là, je dois reconnaître que Votre Altesse a raison. « Notre » Seine n'est pas vilaine. La Loire peut être superbe. Mais le Danube a une beauté et une force inégalables.

Antoinette et l'abbé Vermond, après une boucle sous les arbres, étaient revenus au Grand Parterre qui s'étalait devant la façade du château. Les berceaux de pelouse étaient découpés en motifs séparés les uns des autres par des bandes de sable et de gravier de couleur.

Antoinette tendit le bras vers les fenêtres du palais.

— C'est depuis le salon qu'il faut admirer le Grand Parterre, expliqua-t-elle. Papa l'appelait le parterre de *Broiderie.*

— De *Broderie*, Votre Altesse. Comme la broderie qu'on fait avec une aiguille et des soies de couleur.

Il s'arrêta pour admirer les longues pelouses symétriques, ornées de volutes et de spirales.

— Il faut dire que le parterre de Broderie mérite bien son nom... Vous savez, Altesse, vous qui aimez les jardins et les forêts, vous serez chez vous en France. Il n'y a pas que Versailles. Depuis toujours, les rois de France ont aimé à changer de résidence. Il y a aussi Marly, Saint-Germain, Compiègne, Fontainebleau... En voilà encore de beaux jardins et de belles forêts !...

Cette idée surprit Antoinette qui n'avait pour ainsi dire jamais quitté Schönbrunn ou Vienne.

— Pourquoi les rois de France aiment-ils tant à déménager ?

— C'est une tradition, Altesse. Jusqu'à la construction du grand Versailles, la cour de France était nomade ou presque. Le roi bougeait sans cesse. Il arrivait dans l'un de ses châteaux, il y demeurait quelques jours, puis on rechargeait son lit et ses meubles sur un chariot et il allait ailleurs.

— Et la reine l'accompagnait ?

— Bien sûr. Et toute la cour suivait comme elle pouvait. Parfois, le roi visitait tout son royaume et le voyage durait une, deux, ou plusieurs années.

Antoinette rêva un instant :

— Je crois que j'aurais aimé être une reine de l'ancien temps, une reine qui change de lieu chaque jour. Depuis quand tout cela est-il changé ?

— Depuis cent ans environ. Quand le roi Louis XIV a construit le grand palais de Versailles, la cour s'est arrêtée là. En quelque sorte, le voyage était fini. Mais on dirait que le désir de bouger ne veut pas quitter nos rois. Souvent, ils ont des fourmis dans les jambes, alors ils vont à Fontainebleau, à Compiègne... En général, c'est pour la chasse. Je sais que Monseigneur le dauphin, comme son grand-père, est un chasseur passionné.

— Est-ce que les dames chassent aussi ?

— Celles qui aiment cela, oui.

— Elles montent à cheval ?

— La plupart suivent en voiture mais, oui, celles qui le veulent montent à cheval. Il me semble me souvenir que Madame Adélaïde[1] avait la réputation d'être une grande cavalière et que son père en éprouvait de la fierté.

— Maman aussi était une grande cavalière. Et elle montait en homme, pas en amazone... Avez-vous vu son portrait à cheval dans le vestibule ?

Il eût été difficile de manquer cet immense tableau. Marie-Thérèse montée sur un cheval aux

1. L'une des filles de Louis XV, tante du dauphin, fiancé d'Antoinette.

naseaux frémissants recevait l'hommage des nobles hongrois, à cheval eux aussi.

L'idée que le roi, et que son fiancé le dauphin, étaient des chasseurs enthousiastes semblait soudain intéresser particulièrement Antoinette. Elle médita un instant et se lança :

— Moi aussi, je voudrais monter à cheval. J'en ai même un désir énorme. Mais Maman m'a toujours refusé la permission, et à mes sœurs aussi.

Vermond pensa *in petto* que si l'impératrice ne voulait pas que ses filles montent à cheval, elle ferait bien d'ôter ce tableau de leur vue. Cette peinture avait de quoi faire rêver de cavalcades tous les enfants du monde, à commencer par ses enfants à elle. Mais il garda cette réflexion pour lui.

Antoinette qui venait de trouver une faille dans l'argumentation maternelle était déjà en train d'échafauder un plan. Elle poursuivit :

— Maman nous dit toujours que monter à cheval est mauvais pour les femmes, que cela gâte le teint et la taille, et qu'elle n'a monté que parce que son rang d'impératrice l'y obligeait. Mais elle dit aussi qu'un mari et une femme doivent vivre ensemble et ne jamais se quitter, comme Papa et elle vivaient ensemble. Monsieur l'abbé, ne pourriez-vous pas demander pour moi à Maman la permission de monter à cheval ? Vous lui expliquerez qu'en France, il faudra bien que je sache monter pour pouvoir accompagner le roi et Monsieur le dauphin.

— Je veux bien, Votre Altesse. Je peux toujours demander. Mais, si Sa Majesté vous a toujours refusé cette permission, ainsi qu'à vos sœurs, je crains que sa décision ne soit bien arrêtée.

— Essayez, monsieur l'abbé, je vous en prie. Vous n'aurez qu'à lui rappeler que *Mesdames* ont monté à cheval.

— J'essaierai, Altesse. Après tout, votre maman a peut-être seulement peur que vous tombiez.

— Samedi prochain ?

— Samedi prochain.

— Est-ce promis ?

— C'est promis, Altesse.

— Monsieur l'abbé, vous êtes le meilleur des amis.

Chapitre 7

Ambassade en faveur du cheval

Le samedi suivant, Vermond tint parole. Après le récit des diverses études de la semaine, il présenta à l'impératrice la requête de sa fille. Il avait réfléchi à la meilleure manière d'amener la chose et préparé un joli exposé qu'il trouvait très bien tourné. Mais aux premiers mots qu'il prononça de cheval et d'équitation, Marie-Thérèse l'arrêta tout net.

— N'allez pas plus loin, monsieur Vermond. Je devine tout ce que ma fille vous a chargé de me demander. C'est très gentil à vous d'avoir accepté de prendre cette peine mais je crois que je puis prévoir tout ce que vous allez me dire. Voyez-vous, ce n'est pas par caprice, ni par excès d'inquiétude que j'ai toujours empêché mes filles d'apprendre à monter à cheval, c'est pour de graves et sérieuses raisons.

— Votre Majesté me permettra-t-elle tout de même d'aller jusqu'au bout de ma mission et d'exposer les motifs de Son Altesse ?

— Allez-y, monsieur, allez-y... Mais il me semble que je les devine un peu.

— Avant tout, c'est par amour et admiration pour Votre Majesté que Son Altesse voudrait monter à cheval. Elle voudrait vous ressembler en tout.

— Quel amour !... dit Marie-Thérèse tout attendrie. Le cher cœur ! Et, voyez-vous, je ne doute pas un instant que cela soit sincère. Cela me fait d'autant plus de peine d'avoir à lui refuser ce bonheur.

— Son Altesse souligne ensuite que la chasse a été de tout temps la passion des rois de France et qu'il serait bon qu'elle se conforme aux usages de son futur pays.

— Je constate que ma fille a appris des quantités de choses sur la France et je vous en félicite, monsieur l'abbé.

— Son Altesse pense aussi que cela la rapprocherait de Monseigneur le dauphin et de Sa Majesté le roi si elle partageait leurs plaisirs.

— C'est très juste et bien vu, mais les risques et les inconvénients seraient plus grands que les avantages. Je fais confiance à Antoinette. Elle n'aura pas besoin d'un cheval pour nouer des relations chaleureuses avec son époux et son grand-père. Le dauphin est un garçon silencieux et timide à l'extrême ; Antoinette avec sa vitalité et son joyeux caractère saura lui plaire même si elle n'est pas cavalière.

Quant à mon frère le roi, il adore naturellement toutes les jeunes femmes. Il appréciera tout autant sa nouvelle petite-fille à pied qu'en selle.

— Enfin, Son Altesse soutient qu'elle ne ferait que suivre l'exemple de *Mesdames*.

— *Mesdames !*... Peste, la belle référence ! Je vais vous expliquer, monsieur Vermond, pourquoi j'ai toujours refusé à mes filles le plaisir innocent qu'elles me demandaient. Je leur ai dit que l'équitation gâtait le teint, abîmait la taille... Sottises que tout cela ! La vérité est que monter à cheval est l'un des plus grands bonheurs qui soient. Je le sais bien, j'y ai goûté. C'est un poison exquis, une drogue plus forte que les meilleures liqueurs, un contentement dont on ne peut plus se passer quand on y a pris goût. Et c'est un piège car rien n'est plus dangereux que le cheval quand on est enceinte. J'ai vu des jeunes femmes perdre l'enfant qu'elles attendaient à la suite d'une chute. Ou plus simplement, au tout début de la grossesse, les cabrioles d'un cheval un peu piaffeur peuvent faire arrêter une grossesse qu'on ne soupçonnait même pas encore... Je vous parle crûment, monsieur l'abbé, mais c'est bien dans ces termes-là que le problème se pose. Quelle va être la position d'Antoinette ? Elle sera l'épouse du roi de France. Elle n'aura pas de pouvoir politique. Son premier devoir, son devoir essentiel, presque unique, sera de donner à la France un ou plusieurs enfants garçons, capables de transmettre le pouvoir héréditaire. Si elle n'y parvenait pas, si le malheur voulait qu'elle fût stérile ou qu'elle ne parvienne jamais à mener une grossesse à terme, les choses pourraient aller très mal pour elle. On a déjà vu en France des mariages cassés pour cause de stérilité[1]. Et pour la malheureuse répudiée, cela signifie le couvent jusqu'à la fin de ses jours. Cela peut paraître barbare mais il faut se souvenir qu'il ne s'agit pas ici du bonheur ou du malheur de personnes particulières mais d'affaires d'État.

Marie-Thérèse leva un instant les yeux vers les fenêtres qui donnaient sur le parterre de Broderie, l'air rêveur, puis reprit :

— Pour la stérilité, nous n'avons, je crois, rien à craindre. Les Habsbourg sont fécondes. J'ai mis au monde seize enfants[2]. Mes filles mariées n'ont guère attendu pour se trouver grosses... En revanche, nous ne pouvons encore rien savoir de l'aptitude

1. Le mariage d'Henri IV et de la reine Margot fut annulé par le pape pour raison de stérilité. Un peu plus tard, Louis XIII envisagea très sérieusement de répudier son épouse Anne d'Autriche avec qui il ne parvenait pas à avoir d'enfant ; la naissance presque inespérée de Louis XIV vint arrêter ce projet.

2. On fait mention au premier chapitre de onze enfants vivants. Marie-Thérèse a en effet mis seize enfants au monde, mais cinq sont morts pendant l'enfance ou l'adolescence.

d'Antoinette à porter des enfants. Elle n'a pas fini de grandir. Peut-être sera-t-elle fragile ? C'est pour cette raison que je ne veux prendre aucun risque. Antoinette est étourdie, inconséquente, peu capable de résister à ce qui l'amuse, vous l'observez vous-même bien souvent, monsieur l'abbé... Je ne veux pas l'exposer à une tentation qui pourrait avoir des effets très graves pour elle et pour l'alliance entre l'Autriche et la France.

L'impératrice leva brusquement les yeux sur son interlocuteur et sourit :

— Avouez, monsieur Vermond, qu'à l'instant même vous êtes en train de songer : « Elle me la baille belle avec ses histoires d'alliance et de raison d'État, elle qui ne s'est jamais privée de monter à cheval quand cela lui chantait. »

Vermond rougit considérablement car c'était mot pour mot ce qu'il était en train de penser.

— Je vous assure, Majesté...

Marie-Thérèse rit franchement :

— Vous êtes délicieux quand vous mentez, monsieur l'abbé, car vous mentez fort mal. Mais revenons à ce que nous disions : en effet, j'ai donné le mauvais exemple à mes filles, je le reconnais. J'ai parfois monté à cheval jusqu'au terme de mes grossesses, c'est vrai. J'y prenais du plaisir, c'est vrai. Mais il faut reconnaître que ma fonction d'impératrice le rendait nécessaire. Comment voulez-vous passer une armée en revue dans une voiture ? Personne ne vous voit et tout le monde vous prend pour une niaise empotée. Il faut avoir de l'allure et il faut que chacun des soldats puisse vous apercevoir pour avoir ensuite bien du courage... Il s'est trouvé que la Providence a jugé bon de me faire don d'une santé de fer et que je n'ai jamais perdu aucun des enfants que j'attendais. Toutefois, il va sans dire que si j'avais un jour ressenti le moindre symptôme pouvant faire craindre pour le devenir de mon enfant, j'aurais sans hésiter accepté de passer neuf mois sur une chaise longue... Mais surtout, ce qu'il faut comprendre, c'est que ma situation n'a rien à voir avec celle de mes filles. Je suis impératrice, investie du pouvoir à titre personnel... Si le sort avait voulu que je fusse stérile, j'aurais fait élever les plus proches de mes neveux pour me succéder et cela n'aurait pas remis mon rang en cause. Dieu merci, cela n'a pas été le cas... J'ai réussi à obtenir un trône pour chacune de mes filles ; c'est à elles de les consolider en mettant au monde des enfants mâles.

L'impératrice se tut un instant puis reprit :

— Antoinette vient me parler de *Mesdames*... *Mesdames*, c'est exactement l'exemple qu'il ne faut pas suivre. Des vieilles filles, des destins stériles, des existences inutiles... Quel gâchis ! Et pourquoi ne les a-t-on jamais mariées ? Parce qu'on ne leur trouvait pas de parti d'un rang équivalent. La belle raison !... Bien entendu, il n'y a pas en Europe cinquante royaumes aussi grands que la France... Mais quelle importance ? Alors, en effet, *Mesdames* peuvent monter à cheval tout leur saoul, ce ne sont pas les enfants qu'elles attendent qu'elles risquent de mettre en danger.

Vermond attendit un instant, les yeux baissés. Apparemment l'impératrice en avait terminé.

— Votre Majesté, demanda-t-il, souhaite-t-elle que je transmette toutes ces raisons à Son Altesse Marie-Antoinette ?

Marie-Thérèse réfléchit un instant.

— Non, dit-elle enfin. Tout ceci, ce sont des affaires de femmes. C'est à moi d'en parler la première à ma fille. Dites-lui qu'elle vienne passer la soirée avec moi dans mon appartement. Nous bavarderons.

Chapitre 8

La vie rêvée des citronniers

Le lendemain, le vent venait du nord, le ciel était d'un bleu éclatant et l'air était froid. Antoinette choisit d'aller se promener à l'Orangerie. Depuis le matin, la jeune fille avait le regard sombre et la voix impersonnelle, ce qui ne surprenait pas son professeur, bien placé pour connaître la raison de sa mauvaise humeur. Il se fit pourtant la remarque qu'Antoinette, malgré sa contrariété, avait la gentillesse de lui proposer la promenade qu'il préférait, vers l'endroit le plus ensoleillé du parc.

La jeune princesse marcha un moment en silence, les yeux baissés sur le chemin.

— Eh bien, dit-elle enfin, Maman refuse.

— Je le sais, Altesse, dit Vermond avec douceur.

— Elle dit que monter à cheval peut m'empêcher plus tard d'avoir des enfants. Mais comment pourrais-je avoir des enfants puisque je ne suis pas encore mariée ? J'ai dit qu'il me suffira de cesser de monter quand je serai enceinte. Elle m'a répondu que ce n'était pas si simple, et qu'il est infiniment plus difficile d'arrêter quelque chose qui vous fait plaisir que de ne pas en prendre le goût.

Elle soupira :

— Enfin, tant pis !...

Ce tant pis ! surprit et même inquiéta Vermond. Il ne ressemblait pas à Antoinette. C'était même le contraire de son caractère.

Elle marchait, silencieuse, une expression volontaire sur le visage. Ce n'était pas une bouderie d'enfant. C'était l'air décidé d'une jeune adulte qui savait ce qu'elle voulait. Le jeune professeur connaissait maintenant assez bien son élève pour savoir que, si elle pouvait opposer une mollesse et une inertie quasi immuables aux projets qui l'ennuyaient, elle pouvait aussi dépenser une énergie impressionnante pour ceux auxquels elle tenait.

Il dit enfin :

— Je crois que je sais à quoi Votre Altesse pense.

— Vraiment ? demanda-t-elle d'un ton de défi, eh bien ? à quoi suis-je en train de penser ?

— Votre Altesse est en train de se dire : « Aujourd'hui, je cède, mais en France, je ferai ce que je voudrai. »

— Et alors ?

— Et alors, il me semble que ce n'est pas une intention très respectueuse envers Sa Majesté votre maman. Je vous assure qu'elle ne veut que votre bonheur et votre sécurité.

Antoinette ne répondit pas. Ils marchaient côte à côte sans parler. Vermond se demandait si la jeune fille était maintenant aussi fâchée contre lui et auquel cas combien de temps durerait cette brouille... Mais Antoinette sortit brusquement de son silence et reprit d'une voix sans colère, ce n'était pas un reproche, seulement une remarque :

— Je crois que vous n'auriez pas dû faire cela.

— Faire quoi, Altesse ?

— Deviner à quoi je songeais, comme vous venez de le faire. Si je ne les dis à personne, mes pensées sont à moi seule. Partout, toujours, on me regarde, on écoute ce que je dis et tout le monde se demande sans cesse : « Ah ! Oh ! Sera-t-elle capable d'être dauphine de France ? » Il n'y a que dans mes pensées que je suis un peu tranquille. Je crois que si l'on devine les pensées des gens, il faut faire comme si on avait lu une de leurs lettres : il faut faire comme si on ne savait rien.

Vermond demeura ébahi de cette sortie. Il resta silencieux le temps de faire une dizaine de pas.

— Félicitations, Altesse, dit-il enfin.

Elle le regarda, l'œil soudain gai :

— Pourquoi « félicitations » ?

Elle souriait de nouveau. C'était le côté le plus attachant de son caractère, cette facilité à sortir d'une humeur maussade et à revenir à sa gaieté naturelle.

— Félicitations, Altesse, pour avoir eu seule cette pensée que je trouve profonde et intelligente, que je n'aurais sans doute pas eue moi-même, et pour l'avoir formulée dans un français si exact. Aujourd'hui, c'est moi qui reçois une leçon de délicatesse.

Antoinette éclata de rire :

— Vous trouvez vraiment que c'était une idée intelligente ?

— Oui, Altesse, je le pense vraiment.

— Cela me fait plaisir, tout le monde dit toujours que je suis une linotte.

— Qui dit cela, Altesse ?

— Je ne sais pas, tout le monde, mes gouvernantes... Mon frère l'empereur me dit parfois que je suis une tête à vent. Il le dit comme pour rire, mais je sens bien que ce n'est pas complètement pour rire.

— Altesse, j'ai la prétention d'être ici celui qui connaît le mieux le fonctionnement de votre pensée et je dis que vous avez une cervelle très bien faite. Je regrette seulement parfois que la nonchalance vous empêche d'approfondir vos idées. Mais aujourd'hui j'aurais mauvaise grâce de m'en plaindre car ce n'est pas le cas.

L'Orangerie était le bijou du jardin de Schönbrunn. La façade à colonnes et à hautes fenêtres tournée vers le sud était baignée de soleil. Sur la terrasse, à l'abri du vent, il faisait tiède et lumineux. On était encore trop tôt dans la saison pour sortir les orangers et les citronniers. À l'intérieur du jardin d'hiver, les caisses des arbres étaient alignées derrière les verrières. Les arbres semblaient goûter une véritable volupté à se laisser pénétrer par la chaleur qui descendait des fenêtres. En entrant dans cette tiédeur, l'abbé Vermond s'étira presque de bien-être.

— Vous ressemblez à un chat qui fait le gros dos, monsieur l'abbé, se moqua Antoinette. Je ne connais personne qui aime autant le soleil que vous.

— J'étais en train de me dire que je ne détesterais pas être un de ces citronniers. Je passerais ma vie à me chauffer au soleil.

— Et à écouter de la musique. Mon frère Joseph aime faire jouer des opéras et des symphonies dans l'Orangerie. C'était une idée de papa. Il disait que la musique et les arbres s'embellissent mutuellement.

— Citronnier à Schönbrunn : le soleil et la musique ! Quelle vie de rêve !

— Il y a davantage de soleil en France ?

— Je ne sais pas si les journées de soleil sont plus nombreuses, mais l'air est plus doux.

— Par exemple, vous trouvez qu'il fait froid, aujourd'hui ?

— Aujourd'hui ? certes, oui ! On grelotte dès qu'on passe dans l'ombre.

— C'est drôle, je n'ai pas froid, moi.

— C'est parce que Votre Altesse est une vraie Autrichienne, qui a grandi dans ce pays, et moi, je ne suis qu'un pauvre bibliothécaire du sud de la Loire transplanté. Je crois que Votre Altesse devrait me placer dans l'Orangerie.

Cette idée fit rire Antoinette, puis la rendit songeuse.

— Plus tard, ce sera moi qui serai transplantée... Viendrez-vous en France avec moi, monsieur l'abbé ?

Vermond fut décontenancé par cette question. Il n'avait pas encore pensé à cela.

— Je ne sais pas, Altesse... Sa Majesté votre maman ne m'en a jamais parlé.

— Vous aimez beaucoup Schönbrunn. Je pensais que, peut-être, vous auriez le désir de rester ici... Peut-être comme précepteur de Maximilien ? Mais, comme le soleil de la France vous manque, je me disais aussi que vous pourriez avoir envie de venir avec moi à Paris.

— Est-ce que cela vous ferait plaisir, Altesse ?

— Oh, oui ! dit la jeune fille avec élan. Vous savez, je n'aurai le droit d'emmener avec moi aucune personne autrichienne, pas une amie, pas une femme de chambre. Elles devront toutes me quitter à la frontière. La coutume veut que je devienne complètement française.

L'abbé envoya mentalement au diable cette coutume. Avait-on besoin de traiter les jeunes filles qui avaient la gentillesse d'épouser un prince français comme des nonnes entrant au cloître ? Est-ce que les obtuses vieilles têtes poudrées de Versailles qui gravitaient autour du roi avaient l'intention, au nom de cette absurde tradition, de faire mourir de mélancolie cette enfant si naturellement joyeuse de vivre ?

— Mais j'ai pensé, poursuivait Antoinette qui n'avait pas pris garde à la colère silencieuse qu'elle venait de faire naître chez son ami l'abbé, que cette interdiction ne vous concernait peut-être pas puisque vous êtes français... Si vous voulez bien venir avec moi, je ne serai pas toute seule... Et vos parents seront sûrement heureux de vous revoir.

— Certes, Altesse, j'irai avec vous à Paris si vous le désirez. Et si Sa Majesté votre maman le permet.

« Et Dieu sait si vous aurez besoin d'aide à Versailles, Antoinette... » pensa-t-il encore, mais il se garda de le dire. Il ne percevait que trop l'angoisse de la jeune princesse à propos de ce départ. Quel excellent cœur elle avait !... Comme c'était gentil à elle de lui avoir ainsi parlé de ses parents.

— Croyez-vous qu'on se moquera de moi en France ? demanda soudain Antoinette.

— Se moquer de vous ? Mais qui oserait se moquer de vous ? Qu'est-ce qui vous fait croire une chose pareille ?

— C'est vous, monsieur l'abbé. Vous m'avez dit un jour que les gens en France étaient les plus moqueurs du monde.

— Ah ! dit-il en souriant, soulagé. J'ai exagéré, et je vous demande pardon si je vous ai inquiétée. Je voulais seulement vous pousser à un effort dont j'étais sûr que vous étiez capable en écriture. Je vais vous dire exactement ce qu'il en est : il est vrai qu'en France les gens adorent rire et se moquer. On imprime chaque jour des quantités incroyables d'impertinences. Des dessins, des chansons, des poèmes... Tout le monde raille tout le monde. Les écrivains brocardent les autres écrivains. Les savants se disputent dans les journaux. On persifle les boulangers, les coiffeurs et les hauts seigneurs, et parfois même le roi et les personnes qui l'entourent.

Ici, sans la nommer – Antoinette n'étant pas censée être au courant de la vie peu réglée de son futur grand-père par alliance –, l'abbé pensait à la Pompadour, l'ancienne favorite du roi. Détestée du peuple et de la noblesse, la pauvre avait été criblée d'insultes et de moqueries chaque jour de sa vie. Insultes que Louis XV n'avait jamais pu empêcher. On avait bien attrapé et jeté en prison quelques auteurs de chansons mais on ne pouvait pas empêcher les Français d'écrire, il aurait fallu les arrêter tous.

— Mais je suis sûr, poursuivit Vermond, qu'on ne se moquera pas de vous, Altesse, il faut que vous n'ayez aucune crainte. Les Français vont vous adorer.

— Comment le savez-vous ?

— Parce qu'ils vous adorent déjà. Je le sais par les lettres que mes parents et mes amis m'envoient. La nouvelle de vos fiançailles avec Monseigneur le dauphin est maintenant connue. Eh bien, les gens sont enchantés. Chaque Français se sent personnellement honoré qu'une princesse d'aussi haute naissance devienne notre reine. Et je vous assure qu'on vous attend avec impatience et qu'on s'apprête à vous fêter... Voyez-vous, Altesse, notre roi règne depuis longtemps...

C'était une manière pleine de tact de dire que Louis XV était vieux. Marie-Thérèse étant de la même génération, Vermond ne voulait pas prendre le risque d'offenser l'impératrice par ricochet.

— Les gens en France aiment le roi mais ils s'apprêtent à aimer d'une affection toute particulière un dauphin et une dauphine jeunes, un couple aimable qui sera comme une promesse pour l'avenir.

La vérité, évoquée ici par l'abbé Vermond de façon poétique, était que les Français, qui avaient chéri Louis XV au point de le surnommer « le Bien-Aimé » quand il était jeune, le supportaient de plus en plus mal. Réciproquement, Louis supportait de plus en plus mal les contraintes de son métier de roi. Il se renfermait dans le monde clos de Versailles et ne se donnait plus aucune peine pour se montrer à ses sujets ou pour se rendre agréable. Tout le monde disait que l'âge lui affaiblissait le cerveau et qu'il ne travaillait plus guère aux affaires de l'État. On l'avait cru assagi depuis la mort de la Pompadour. Point du tout ! Il s'était entiché d'une jeunesse qui aurait pu être sa petite-fille. La mystérieuse silhouette féminine qu'on avait aperçue sortant de ses appartements... Eh bien, elle n'avait plus rien de mystérieux ! Tout le monde savait qu'elle s'appelait Jeanne Bécu ; elle était belle comme un ange ; mais c'était une fille du peuple et elle avait mené la vie la moins recommandable qui soit avant d'être remarquée par le roi. Pour parler net, quand le roi l'avait connue, elle exerçait notoirement la profession de prostituée. Prostituée de luxe, certes, mais prostituée quand même. Il n'avait même pas été possible de trouver une litote du genre « demoiselle de compagnie » pour désigner son précédent métier car elle avait eu plusieurs messieurs de la cour dans sa clientèle. Le roi, sans états d'âme, avait fait rebaptiser sa nouvelle compagne du nom plus convenable de comtesse du Barry et on disait même qu'il s'apprêtait à la présenter officiellement à la cour. Vraiment, les gens en avaient assez de cette fin de règne futile et débauchée !...

On connaissait peu le jeune dauphin. C'était un garçon discret. On savait seulement qu'il était d'un naturel sérieux et précocement vertueux. L'abbé Vermond songea que ce dauphin si sage et cette Antoinette au bon cœur et au joyeux caractère allaient former un couple charmant qui enthousiasmerait la France...

Il sortit de cette méditation à conclusion optimiste et dit en souriant :

— Tout le monde en France vous attend avec plaisir, Altesse, soyez-en sûre.

Chapitre 9

ÉLÉPHANTS, CHAMEAUX, AUTRUCHES

— Est-ce que Carla et Alban vous manqueront, monsieur l'abbé, quand nous serons partis ?

— Bien sûr, ils me manqueront. Carla, viens donc ici si tu veux des pommes ! Ton goulu mari est en train de tout manger.

Carla et Alban étaient les éléphants de la ménagerie de Schönbrunn. Antoinette les avait vus arriver en Autriche quelques années auparavant et s'y acclimater plutôt bien. Au fond, ils étaient presque des amis d'enfance. Elle tendait des pommes au gros Alban qui les cueillait du bout de sa trompe, les enfonçait dans sa bouche et les croquait en hochant la tête de gourmandise satisfaite et en envoyant du jus partout.

— Carla et Alban viennent des Indes, expliqua Antoinette. Est-ce qu'aux Indes il fait plus chaud qu'en France ?

— Beaucoup plus chaud.

— Alors, dit-elle, moqueuse, ils font moins de manières que vous. Ils ne se plaignent jamais du froid.

— Le bel exploit ! Ils ne sortent que quand il fait beau. Mettez-moi dans l'Orangerie pendant les six mois de l'hiver et vous verrez comme je me porterai bien.

L'empereur François-Étienne avait eu la passion des sciences naturelles. Il avait installé dans la partie ouest du parc de Schönbrunn un jardin botanique et une ménagerie. Les premiers hôtes avaient été des animaux d'Europe puis, les voyages vers les Indes et les Amériques se faisant plus nombreux, toutes sortes de bêtes étaient venues enrichir sa collection. François-Étienne adorait la géographie et les récits de voyage. Il armait des navires et finançait des expéditions. Ses bateaux lui rapportaient des plantes rares pour sa serre et des animaux pour sa ménagerie. Antoinette et ses frères et sœurs avaient toujours vécu avec toutes sortes de bêtes dans leur jardin. Les chameaux, les éléphants et les autruches leur étaient aussi familiers que les vaches et les cochons pour les enfants d'une ferme. Aller dire bonjour aux animaux de la ménagerie était une promenade toute simple qu'on pouvait faire tous les jours si on le voulait.

Le jour des pommes, il se trouvait que l'empereur Joseph II faisait admirer la ménagerie à deux visiteurs. Antoinette vit de loin les trois personnages approcher.

— Ah ! fit-elle gaiement, voilà mon frère.

Elle ajouta l'air mi-joyeux, mi-préoccupé :

— J'espère qu'il ne va pas encore trouver quelque chose à me reprocher.

Sans en parler, Vermond éprouvait le même mélange de sentiments. L'empereur Joseph II était un jeune homme agréable, cultivé, curieux de tout, mais, quand il vous faisait l'honneur d'une conversation, on pouvait craindre à tout instant un mot sarcastique ou une remarque hautaine.

L'empereur semblait ce jour-là d'excellente humeur. Dès qu'il vit Antoinette et son professeur, il leur fit joyeusement signe avec son chapeau.

— Comment allez-vous, ma petite sœur ? demanda-t-il en lui prenant les deux mains.

Antoinette, par égard pour les deux visiteurs qui se tenaient trois pas derrière l'empereur et qui plongèrent vers le sol, fit une révérence pleine de grâce.

— Fort bien, mon frère, je vous remercie.

— Et comment se portent nos Carla et Alban ?

Antoinette éclata de rire :

— Fort bien aussi, mon frère, je vous remercie pour eux.

L'empereur contempla le couple d'éléphants avec satisfaction.

— Carla et Alban sont l'un de nos plus beaux succès, expliqua-t-il à ses hôtes. Il y a sept ans qu'ils sont à Schönbrunn. Je crois qu'ils n'ont jamais été malades. La réussite serait complète s'ils avaient un éléphanteau.

— Me l'écrirez-vous, mon frère, s'ils ont un éléphanteau ? demanda Antoinette.

— Vous serez la première personne à qui je l'annoncerai. Messieurs, dit l'empereur avec un geste large vers ses deux visiteurs et l'abbé Vermond, vous êtes les témoins de cet engagement.

L'un des messieurs salua :

— Nous sommes prêts à contresigner ce grave traité, Majesté, dit-il.

Joseph II se tourna vers Vermond :

— À Paris, êtes-vous allé au Jardin du Roi[1], monsieur l'abbé ?

L'abbé salua :

— Bien souvent, Majesté.

— Alors, notre ménagerie est-elle plus belle que celle de Paris ?

Vermond s'abstint de sourire en pensant qu'on lui posait souvent ce genre de question dans la famille de Lorraine-Habsbourg. Et, comme d'habitude, il fit une réponse très diplomatique :

— Elles sont différentes, Majesté. Ici, à Schönbrunn, l'installation est l'œuvre d'un artiste. Les bâtiments à eux seuls sont admirables...

1. Aujourd'hui, le Jardin des plantes.

Il avait bien conscience par ces mots de faire plaisir à Joseph et à Antoinette. La ménagerie avait été créée par l'imaginatif François-Étienne et faisait la fierté de ses enfants. Le pavillon central avait la forme d'un octogone entouré de treize enclos disposés autour comme des parts de gâteau. On pouvait, depuis le centre du pavillon, apercevoir tous les animaux. François-Étienne, autrefois, avait même inventé d'organiser pour Marie-Thérèse et lui des petits déjeuners d'amoureux servis au milieu de ce pavillon.

Vermond poursuivit :

— Les animaux rares sont ici plus nombreux et plus beaux. À Paris, le Jardin du Roi se trouve en ville, dans un quartier des bords de la Seine qui n'est pas très beau, ni très riche. Les plus beaux animaux que le Jardin ait possédés n'ont pas survécu. Le rhinocéros est mort... Mais il y a au Jardin du Roi plus de savants naturalistes qu'à Schönbrunn. Je dirais qu'on a ici une vision artistique des animaux. On aurait plutôt à Paris un regard scientifique.

Pendant quelques instants, Joseph II fixa ses grands yeux bleus sur son interlocuteur.

— Il est vrai, dit-il, qu'il nous manque ici un M. de Buffon[1]. Le connaissez-vous ?

1. Grand naturaliste français du règne de Louis XV, directeur du Jardin du Roi.

— J'ai eu deux fois l'honneur de lui parler, Majesté.

— Et que vous a-t-il dit ?

— Il a déploré la courte durée de survie des animaux qu'on sort de la nature pour les amener à la ménagerie.

— Nous connaissons les mêmes difficultés. Les singes, par exemple, supportent mal la captivité. Ils meurent en quelques semaines.

— Alors, demanda Antoinette, s'ils supportent mal la captivité, pourquoi les enferme-t-on ?

L'empereur, l'abbé et les deux visiteurs se regardèrent, perplexes.

— Allons, messieurs ! dit l'empereur, il nous faut répondre à cette enfant. Monsieur l'abbé, à vous l'honneur ! Que diriez-vous à votre élève ?

— Je dirais à Son Altesse qu'il est en effet cruel d'arracher des animaux à leur milieu naturel et de les priver de leur liberté. Cependant, on ne fait pas ces choses par férocité mais par intérêt pour la science. M. de Buffon n'aurait pas pu écrire son *Histoire naturelle*[1] s'il n'avait pas pu observer ces animaux.

— Voilà une réponse qui me paraît excellente, dit l'empereur. Êtes-vous satisfaite, Antoinette ?

— La science, mon frère, est-ce quelque chose de si important ? Est-ce qu'elle mérite qu'on sacrifie les animaux ?

1. Elle contient trente-six volumes.

Joseph II consulta du regard ses deux hôtes et l'abbé. Tous trois firent un signe d'assentiment.

— On dirait que nous sommes tous d'accord pour vous répondre oui, Antoinette. Les sciences méritent tous les efforts.

— Si vous me le dites, mon frère, je vous crois. Mais, ne serait-ce pas une bonne idée si ce M. de Buffon se rendait en Afrique ou en Amérique pour observer les animaux sur place ?

Antoinette aurait été embarrassée d'avoir à situer l'Afrique et l'Amérique sur une mappemonde, mais elle se félicita intérieurement de s'être souvenue de ces deux noms au moment où elle en avait besoin.

— M. de Buffon, répondit l'un des invités de l'empereur, courrait les plus grands dangers d'être dévoré par les fauves ou par les sauvages, et ce serait une perte irréparable pour le monde des sciences.

L'empereur s'adressa de nouveau à l'abbé :

— M. de Buffon vous a-t-il dit comment il espérait remédier à cette mortalité qui frappe nos animaux ?

— Oui, Majesté. Il pense qu'il faut reconstituer au mieux pour chaque animal les conditions d'espace et de climat qui lui sont naturelles. Il compte aussi qu'à force d'observer les animaux, nous apprendrons à mieux nous en occuper. Il espère qu'à partir de ces observations, on pourra déterminer les soins qui sont bons et ceux qui sont néfastes.

Joseph II médita quelques instants ces paroles.

— Savez-vous, monsieur l'abbé, dit-il enfin, que vous me donnez le plus vif désir de venir à Paris ? J'irai alors voir le Jardin du Roi et rencontrer M. de Buffon.

— Vous voulez dire que vous me rendrez visite, mon frère ? demanda Antoinette.

— Est-ce que cela vous ferait plaisir, ma petite sœur ?

— Oh, tellement plaisir ! Venez, Joseph, j'en serai si heureuse...

— Eh bien, c'est chose dite[1].

Antoinette mit sa main dans celle de son frère. Ils étaient émus tous les deux. Et Vermond perçut la sincérité de cette émotion. Décidément, se dit-il, malgré le caractère incisif de Joseph, malgré les étourderies d'Antoinette, ils s'aimaient vraiment, ces deux-là. Quelle surprenante famille ! Ils régnaient sur la moitié de l'Europe, ils ne se mariaient que sur des trônes, mais ils s'aimaient comme des frères et sœurs ordinaires. Ils s'aimaient tout simplement, comme des garçons et des filles qui ont appris à

1. Joseph II tint sa promesse. Il vint à Paris en 1777. Il alla voir le Jardin du Roi et rendit visite à Georges de Buffon qui était alors très vieux.

parler et à marcher dans la même maison, dormi dans les mêmes chambres, construit des cabanes dans le même jardin, fait des niches aux mêmes gouvernantes, chanté les mêmes chansons, regardé les mêmes livres d'images et qui emportent dans la vie un bagage de souvenirs d'enfance communs. Ils régnaient parce que c'était le métier de leur famille. Ils pensaient d'ailleurs qu'il n'y avait pas de quoi en faire tout un plat. Le programme d'éducation de Marie-Thérèse, même un peu négligé sur la fin, aurait réussi à fabriquer toute une fratrie de souverains qui éprouvaient les mêmes sentiments que les gens ordinaires.

Vermond réalisa soudain que depuis son arrivée il observait la famille de Lorraine-Habsbourg avec autant de curiosité que M. de Buffon étudiait ses familles de singes et de phacochères. Cette pensée le fit sourire.

— Vous voilà encore parti à songer, monsieur l'abbé, observa Antoinette dès qu'ils se retrouvèrent seuls. Pourquoi riez-vous ?

— Je pensais à M. de Buffon, Altesse.

— Il est drôle, ce M. de Buffon ? Je croyais que les sciences, c'était plutôt quelque chose de sérieux.

Elle avait failli dire « ennuyeux » mais s'était rattrapée de justesse.

— Les sciences peuvent être très amusantes. En vérité, je souriais parce que je pensais à la belle amitié qui existe entre Votre Altesse et Sa Majesté l'empereur.

— N'est-ce pas qu'il est gentil, ce Joseph ? Dire qu'il va venir me voir à Paris... Je suis si contente que j'en danserais.

Et trouvant que l'idée méritait mieux que d'être évoquée, elle se dressa sur les demi-pointes, exécuta trois entrechats, un changement de pied et éclata de rire. Elle s'interrompit et demanda soudain :

— Connaissez-vous le myrte, monsieur l'abbé ?

— Le myrte ? oui, c'est une plante, un petit arbre...

— Pas n'importe quel myrte ! Je vous parle du myrte de Maman et Papa, le myrte du Jardin botanique... Je crois que je ne vous l'ai jamais montré.

— Non, en effet. Eh bien, montrez-moi le myrte, je suis curieux de le voir.

Elle lui prit la main et l'entraîna en courant dans les allées du Jardin botanique. Au milieu d'un parterre, un petit arbre vert sombre poussait.

— Voilà le myrte, expliqua Antoinette. C'est un cadeau du sultan de Constantinople pour le mariage de Papa et de Maman. C'est vous dire si Maman y tient et si les jardiniers veillent sur lui. Je crois que s'il mourait, le chef jardinier aimerait mieux se jeter dans le Danube que venir l'annoncer à Maman[1].

Elle réfléchit un instant et dit soudain :

— Savez-vous, monsieur l'abbé ? Moi, je ne crois pas qu'il soit bien de prendre des animaux dans la nature et de les enfermer dans une ménagerie si c'est pour les faire mourir. Et, ce n'est peut-être pas gentil, mais si j'étais un animal je trouverais assez juste que M. de Buffon soit mangé par les lions ou par les sauvages... Savez-vous ? Si un jour j'ai une ménagerie à moi, je n'y mettrai que des canards, des vaches et des moutons. Et je vous assure qu'ils seront très heureux.

1. Le myrte de Marie-Thérèse est toujours en vie. Il se trouve dans un coin discret, presque secret, du Jardin botanique de Schönbrunn, sans aucun panneau qui le signale, de peur que les visites d'un trop grand nombre d'admirateurs nuisent à sa santé.

Chapitre 10

Il y aura des étincelles

Les mois s'écoulaient. Le mariage du dauphin Louis-Auguste et de l'archiduchesse Marie-Antoinette était maintenant une décision arrêtée. On en était à décider de la date et surtout, surtout, à mettre en place le cérémonial.

C'était loin d'être une petite affaire.

C'était un mariage immense. Il y avait bien longtemps qu'on n'avait pas uni un prince et une princesse tous deux d'une aussi haute naissance. Chacune des deux Maisons – la Maison de France et l'Archimaison de Habsbourg – prétendait être la plus prestigieuse d'Europe. Il ne fallait donc qu'en aucune circonstance l'une puisse paraître avoir le pas sur l'autre. Chaque détail des solennités à venir – quel représentant, le Français ou l'Autrichien, avancerait le premier ? De combien de pas ? Et de quelle taille, les pas ? Et qui parlerait d'abord ? – demandait des prodiges de diplomatie.

Une affaire considérable occupa tout le monde à Vienne pendant plusieurs semaines : Marie-Antoinette écrivit à son fiancé. Le texte fut l'œuvre commune de Marie-Thérèse et de ses conseillers. Quand ils tombèrent d'accord sur le contenu, vint le recopiage qui incombait à Antoinette. Le texte lui parut extrêmement confus et pompeux mais, après tout, peu lui importait, ça n'était pas sa part du travail… Il lui fallut dix brouillons, beaucoup de feuilles gâchées et une grande quantité de taches d'encre pour produire la copie (presque) parfaite que l'abbé Vermond présenta à l'impératrice.

Monsieur le dauphin et cher frère, écrivait Antoinette, je vous remercie des expressions si pleines de bienveillance que vous employez envers moi… L'exemple et les leçons de ma glorieuse et tendre mère m'ont élevée à l'accomplissement de tous mes devoirs et avec l'aide de Dieu j'espère par tous mes efforts me rendre digne de la nouvelle destinée qui m'est faite… Vous trouverez en moi une épouse fidèle et dévouée n'ayant d'autre pensée que de vous plaire, de mériter votre attachement et de me montrer la digne fille de votre auguste aïeul…

À l'exception de ce travail épistolaire, Antoinette et l'abbé Vermond demeuraient en dehors de cette agitation. Ils poursuivaient ensemble leur vie tranquille faite de promenades et de conversations en français.

— Est-ce vrai, demanda un jour Antoinette, ce que l'on dit, que Monsieur le dauphin est bête ?

Vermond, à cette question posée de façon presque anodine, crut tomber assis par terre de stupéfaction.

— Altesse, qu'est-ce qui vous fait croire une chose pareille ?

— Je l'ai juste entendu dire.

Ce qui bouleversa Vermond, ce fut la quasi-indifférence avec laquelle Antoinette parlait. Que son fiancé, le futur roi de France, l'homme avec lequel elle allait passer sa vie, fût dépourvu d'intelligence, ce n'était pas un drame, c'était un peu ennuyeux, c'était seulement contrariant, et comme, ma foi ! elle n'avait pas le choix... Vermond en ressentit une sorte de vertige. C'étaient donc ça les dégâts que produisaient ces mariages arrangés dès l'enfance ?

— Altesse, c'est une pensée très grave que vous avez là ! Il faut que vous me disiez d'où vous la tenez.

— Je vous l'ai dit : je l'ai entendu dire.

— Mais, par qui ?

— Eh bien, par Maman, là ! Vous êtes content ? Et puis par mes gouvernantes.

— Votre maman et ces dames vous ont dit que Monseigneur le dauphin était bête ?

— Non, bien entendu. Mais parfois, le soir, dans ses appartements, Maman lit des lettres ou reçoit des gens quand je suis là. Et les gouvernantes parlent entre elles. Parce que j'ai l'air de rêver, ils se figurent tous que je n'écoute pas. Pourtant, Dieu sait si je n'ai rien d'autre à faire qu'à écouter ! Ils parlent à moitié à mots couverts. Comme si je ne comprenais pas !... Ils disent tous que le dauphin est bête et que je le mènerai par le bout du nez.

— Antoinette, je vous en conjure, ne croyez pas cela ! Vous avez sans doute mal compris les paroles de votre maman. Et, de la part de vos gouvernantes, ce ne sont que des commérages. Qu'est-ce qu'elles peuvent bien savoir de Monseigneur le dauphin ? Est-ce qu'elles le connaissent ?

— Alors, ce n'est pas vrai ?

— Certainement non ! Monseigneur Louis est un garçon silencieux, c'est son caractère. Je ne crois pas pour autant qu'il soit timide ; s'il a une pensée à dire, il la dit, nettement et clairement. Il apprend bien, il a une bonne mémoire et il sait beaucoup de choses. Comme il parle peu, il n'étale pas ses connaissances mais il me semble qu'on pourrait plutôt appeler ça une qualité. Parler peu ne signifie pas qu'on ne comprend pas les choses.

— Vous connaissez donc le dauphin ?

— Comme beaucoup de Parisiens, je l'ai vu à Versailles.

— Alors, est-il beau ? Ressemble-t-il au portrait qu'on m'a envoyé ou le portrait est-il triché ?

Vermond soupira et sourit tout à la fois :

— Altesse !... Ce n'est pas de cela dont nous parlons... Mais pour répondre à votre question, oui ! Monseigneur le dauphin est beau garçon. Il est très blond ; il a les yeux bleus et le visage doux, un peu rêveur ; il est grand pour son âge et, quand je l'ai vu, il semblait devoir devenir un solide jeune homme... Mais nous parlions de son caractère, pas de son apparence.

— Comment connaissez-vous son caractère si vous ne l'avez vu que de loin ?

— Parce que j'en ai souvent parlé avec Monseigneur l'évêque d'Orléans, mon supérieur ; celui qui m'a envoyé auprès de vous, Antoinette... Il approche de près la famille royale et les jeunes princes. Vous savez, Altesse, pour nous, les Français, la personnalité du dauphin est une chose de très grande conséquence. Nous en parlons souvent... Le dauphin a eu le malheur de perdre son père. Il va donc prendre la suite de son grand-père. Il régnera jeune, sans avoir eu le temps d'acquérir l'expérience et la maturité qui lui seraient venues naturellement si son père avait vécu plus longtemps. C'est pour cela que son caractère a tant d'importance. L'avenir de la France en dépend... Et pour tout vous dire, Altesse, je trouve encourageant ce que je sais du dauphin, c'est-à-dire son sérieux, son application et son sens précoce de la vertu ; ce sont les qualités d'un bon roi...

Ici, Vermond évita de souligner que les prometteuses qualités du jeune homme s'opposaient point par point aux défauts de son grand-père : la futilité, l'inconséquence, le libertinage et la vie de plaisir. Mais, encore une fois, Antoinette ignorait ces divers aspects de la personnalité du grand-père de son fiancé, qu'on lui avait toujours présenté comme un patriarche aussi sage que vertueux.

Antoinette médita quelques instants les paroles de son professeur.

— C'est étrange, dit-elle, que Monsieur le dauphin et moi ayons perdu nos pères la même année... Croyez-vous que c'est un signe du destin ?

Vermond allait de consternation en consternation, ce jour-là.

— Antoinette !... Où êtes-vous encore allée chercher une idée pareille ? Ou plutôt, ne me le dites pas, je le devine trop bien ! Ces histoires de prédestination sont encore des sornettes de vos gouvernantes et de vos femmes de chambre.

— Gagné ! dit Antoinette en riant. Vous ne croyez pas au destin ?

— Pas du tout ! Il n'y a pas de quoi rire et ces histoires me fâcheraient plutôt. Vos dames de compagnie ne sont qu'un troupeau d'oies sans cervelle qui caquètent les âneries à la mode.

— On croirait une ferme... Et les oies ne caquètent pas, je crois, ce sont les poules... dit

Antoinette qui s'amusait fort de l'ire de son précepteur.

— Eh bien ! Vous voilà devenue une experte en vocabulaire français. J'aurais au moins réussi cela.

— Je me demande si je vais répéter à mes gouvernantes qu'elles sont des oies qui caquètent des âneries ?

— Répétez-leur donc ! Surtout, ne vous en privez pas. Ou plutôt, laissez-moi aller le leur dire moi-même ! Est-ce qu'elles se rendent seulement compte du mal qu'elles peuvent vous faire avec leurs sottises de bonnes femmes oisives, éprises de mystérieux à deux sous ? Qui croient-elles que vous êtes ? Une future bonne à rien, comme elles ? Non ! vous serez reine de France ! Votre pensée est naturellement juste. J'essaie chaque jour de l'orienter dans le sens de la raison et de l'argumentation. Et chaque soir ces dindes défont mon travail en vous farcissant la tête de ragots et de croyances navrantes...

Vermond fit quelques pas qui lui permirent de retrouver un peu de sérénité.

— Altesse, reprit-il, votre papa est mort, le père du dauphin est mort. Ce sont deux très tristes événements, mais c'est un hasard si ces deux malheurs ont eu lieu la même année. Des quantités d'autres personnes sont mortes en 1765, cela ne veut pas dire que tous leurs descendants sont liés entre eux par une mystérieuse sympathie... Je vous prie de m'excuser mais, dans ce cas, vous seriez liée avec bien du monde.

— C'est pourtant vrai ce que vous dites-là... dit Antoinette, rêveuse.

— D'autant plus, ajouta Vermond qui durant son séjour à Schönbrunn avait appris à connaître l'impératrice, que je suis sûr que votre maman pensait à votre mariage bien avant cette malheureuse année.

— Vous avez sûrement raison, monsieur l'abbé, dit Antoinette, conciliante. Je ne m'occuperai plus de ces bêtises.

— C'est une sage décision, vous avez tellement mieux à faire. Nous parlions de Monseigneur le dauphin... Vous savez, Altesse, il n'a pas eu une enfance aussi heureuse que la vôtre.

— Comment cela ? Moi aussi, j'ai perdu mon père.

— Vous avez une maman exceptionnelle, tendre et attentive... Vous avez la bonne Mme de Brandeiss... Monseigneur Louis a perdu son père et sa mère. Son gouverneur, M. de La Vauguyon, se figure qu'il faut élever les garçons à la dure pour en faire des hommes, et naturellement d'autant plus s'il s'agit du futur roi. Pour des enfants, Versailles n'est pas un endroit aussi agréable que Schönbrunn. Il y a du monde partout. On ne joue pas, on ne court pas en liberté comme vous et vos frères et sœurs avez pu le faire.

— Vous m'inquiétez. Est-ce que vous croyez que je vais me plaire à Versailles ?

— Les occupations des jeunes gens ne sont pas les mêmes que celles des enfants. Vous serez la dauphine, c'est-à-dire la première dame de la cour. Vous ferez ce que vous voudrez ou presque... Bien entendu, vous vous plairez à Versailles.

Vermond n'en était pas si sûr, surtout dans les premiers temps, mais, encore une fois, sa première règle était de ne jamais inquiéter Antoinette.

— Et les frères de Monseigneur Louis ? Les connaissez-vous ?

— Un petit peu. Ils ne ressemblent pas à leur frère aîné. Le dauphin est dans sa famille le seul, si j'ose dire, de son espèce... Le cadet, le comte de Provence, a tout juste le même âge que vous. C'est un garçon aimable, sociable, qui s'exprime bien et facilement. Le plus jeune, le comte d'Artois, est un vif-argent, bavard, moqueur, toujours en mouvement... Je crois que vous vous entendrez bien avec eux. Ils ont encore deux sœurs, Marie-Clotilde et Élisabeth. Elles sont petites encore et je ne saurais pas vous apprendre grand-chose sur elles.

— Savez-vous qui est Mme de Berry, ou de Barry ? Je ne sais pas exactement son nom.

La foudre venait de tomber aux pieds de l'abbé Vermond.

Marie-Antoinette avait appris l'existence de Mme du Barry.

C'était du reste une catastrophe prévisible, pensa-t-il, car il y avait déjà plusieurs mois que le roi Louis XV avait eu le culot de présenter officiellement sa compagne à la cour.

Vermond avait eu par des lettres le récit de cette étrange cérémonie. La noblesse entière était venue à cette présentation, espérant avec perfidie que l'intruse commettrait une bévue qui la couvrirait de confusion et le roi de ridicule. Eh, bien ! Mme du Barry s'était admirablement tirée de l'épreuve. Elle avait déployé une grâce et une aisance à faire envie aux plus grandes dames. Marie-Thérèse, par sa nuée d'ambassadeurs et d'espions à Paris, devait connaître tous les détails de la liaison du roi et avait certainement eu entre les mains des comptes rendus complets de cette solennité.

Plus d'une fois, pendant les audiences du samedi, Vermond avait souhaité aborder ce sujet embarrassant avec l'impératrice. Ne devait-on pas – en présentant la chose avec tact – informer Marie-Antoinette de la présence auprès du roi de Mme du Barry, avant qu'elle ne la découvre toute seule, et probablement d'une façon moins délicate ? Mais Marie-Thérèse avait toujours glissé sur le sujet. Et voilà, il se retrouvait seul et sans directives pour aborder avec son élève l'épineux problème Du Barry.

Il essaya de prendre l'air détaché :

— Que savez-vous de Mme du Barry ?

— Rien, justement. C'est pour cela que je vous pose la question.

— Et qui vous en a parlé ?

Elle rit :

— Je n'ose pas le dire. Vous allez encore vous fâcher.

— Ce sont donc ces dames vos gouvernantes.

— Comment avez-vous deviné ?

— C'est bien simple, elles n'en ratent jamais une. Et que vous ont dit ces doctes personnes à propos de Mme du Barry ?

— Oh ! à moi, rien, bien sûr. Mais elles en parlent entre elles en faisant mille mystères et chuchotis. C'est ce qui pique ma curiosité.

— Vous avez toutefois entendu quelque chose, je suppose.

— Elles ont utilisé un vilain mot, un très gros mot. Je crois que vous n'aimeriez pas m'entendre le répéter.

C'était pis que tout ce que Vermond avait imaginé. Il fallait réagir vite.

— Ce sont des calomnies, Altesse, dit-il très fermement, des caquets indignes de vous, des racontars de domestiques comme il en circule dans tous les palais... Ne laissez jamais croire que vous prêtez l'oreille à ces rumeurs d'antichambres, vous encourageriez votre entourage à les propager. Et pour vous amuser, on en rajouterait. On inventerait des détails pour vous faire rire... Vous êtes une personne trop estimable pour cela.

— Comme vous êtes compliqué, monsieur l'abbé ! Je ne comprends rien du tout à ce que vous êtes en train de m'expliquer. Qu'a-t-elle de si étrange, cette Mme du Barry, pour vous mettre tous dans des états pareils ?

— Elle n'a absolument rien d'étrange, Altesse. Et je ne suis pas particulièrement dans un « état »... C'est seulement une personne jolie et charmante que Sa Majesté notre roi honore de sa confiance.

— Est-ce tout ?

— Oui. Notre roi n'est plus jeune. Après la mort de son fils, et puis celle de la reine Marie, il est tombé dans une sorte d'abattement dont rien ne pouvait le sortir. Il ne supportait plus son âge, ni la solitude...

Tout cela était exact, sauf que c'était plutôt depuis la mort de la Pompadour que le roi était triste, et l'abbé Vermond adressa une rapide excuse mentale au Ciel pour cette entorse à la vérité. Mais il était aussi vrai que la série de décès qui était survenue par la suite – son fils, sa bru et sa femme –

avait profondément aggravé la mélancolie de Louis XV.

Vermond poursuivit :

— Mme du Barry est une personne gaie et gentille. Elle fait rire le roi, elle organise ses loisirs... Depuis qu'elle est auprès du roi, il paraît avoir moins d'idées noires ; il a retrouvé son entrain ; il retourne à la chasse, au spectacle...

— Eh bien, c'est très bien ! dit Antoinette. Et c'est une chance que Mme du Barry soit là. Pourquoi fait-on tant de mystères ?

— La comtesse du Barry est très appréciée de Sa Majesté, donc suscite des jalousies, donc déclenche des médisances. C'est inévitable, je dirais même que c'est mathématique.

— Que lui reproche-t-on ?

— Sa naissance. Elle n'est pas de très grande noblesse.

C'était le moins qu'on puisse dire. L'euphémisme était de taille car il était difficile de venir au monde de façon plus humble que la petite Jeanne Bécu. Mais Vermond ne voulait pas choquer Marie-Antoinette. Il pressentait que, par la suite, l'origine modeste de la favorite serait le point qu'on aurait le plus de mal à faire accepter à la jeune princesse, issue d'une des plus illustres familles d'Europe. Mieux valait demeurer évasif sur ce point.

Pour le moment, Dieu merci ! Antoinette semblait plutôt émue par la détresse affective du vieux roi. La mort des êtres chers, malgré son jeune âge, elle savait ce que c'était. Elle avait perdu son père et assisté de très près au désespoir de sa mère.

— Quelle importance, sa naissance, si elle console le roi ?

— Aucune, Altesse, répondit Vermond.

« Et en effet, pensa-t-il, c'est vrai, cela n'a aucune importance. » À sa grande surprise, c'était une parole venant du cœur qu'il venait de prononcer là. En évoquant pour Antoinette les deuils qui avaient accablé Louis XV, il s'était ému lui-même. Pour la première fois, il voyait le roi comme une personne pouvant éprouver du chagrin, et non comme la majestueuse silhouette du monarque, insensible comme une statue. Pourquoi le vieil homme seul n'aurait-il pas droit à un peu de tendresse ? Et quelle importance que Mme du Barry soit née dans le peuple si elle était bonne fille et si elle lui apportait du réconfort ? Ils auraient juste pu y mettre un peu de discrétion.

— Cela n'a aucune importance, Altesse... répéta-t-il.

— Moi aussi, je consolerai le roi quand je serai en France, dit Antoinette.

— Sa Majesté sera sensible à votre amitié, Altesse. Je sais qu'il avait beaucoup d'affection pour Madame la dauphine, la maman de votre fiancé.

Pour aujourd'hui, Vermond s'était tiré d'affaire. En présentant la liaison du roi et de Mme du Barry de la façon la plus sentimentale, il avait fait réagir la gentillesse naturelle de Marie-Antoinette. Mais il comprenait à présent qu'entre la dauphine et la favorite, ce serait inévitablement l'affrontement. La Du Barry, par sa beauté, était quasiment la reine de Versailles. Marie-Antoinette, par sa naissance, serait la première dame de France. À moins d'un miracle, il y aurait des étincelles.

Chapitre 11

Le lecteur de la dauphine

Il y avait deux ans que l'abbé Vermond était descendu de sa chaise de poste, courbaturé par vingt et un jours de route et plein d'enthousiasme pour la mission qu'il allait entreprendre. Le voyage de retour était imminent. Marie-Antoinette avait à présent quatorze ans. Elle avait bien sûr grandi durant ces deux années, mais elle ne s'était pas transformée. Au regret de l'impératrice qui aurait voulu envoyer en France une jeune personne à l'allure déjà féminine, la silhouette de Marie-Antoinette s'obstinait à demeurer enfantine. Son torse et ses hanches étaient comme ceux d'un garçon du même âge. Il était clair que toute sa croissance était encore à venir.

« Eh bien, tant pis ! se disait Marie-Thérèse qui cherchait toujours le côté efficace des choses, je ne peux tout de même pas faire presser la nature. Antoinette, à défaut de séduire les Français, les attendrira, et cela sera peut-être une bonne manière d'entrer en contact avec son nouveau pays. Les Français adorent les enfants, ils vont être servis. »

*

L'hiver de 1770 passa très vite. Antoinette était occupée du matin au soir, en partie parce que les usages de Vienne le demandaient, mais aussi parce que Marie-Thérèse savait par expérience que, plus on est chargée d'obligations, moins on a de temps pour s'interroger sur ses états d'âme. Marie-Antoinette allait de visites d'adieu en cérémonies de souhaits de bon voyage et, après des journées entières passées debout dans les salons, elle n'avait plus le soir que le désir de se coucher.

Pour ne rien perdre des dernières semaines de la présence de sa fille, l'impératrice avait fait placer un lit pliant pour Antoinette auprès du sien. Le soir, elle délivrait à l'enfant qui allait la quitter tous les derniers conseils que son expérience et son amour maternel lui inspiraient. Elle lui expliquait comment se comporter face à la cour, avec le roi, avec son jeune époux... Que dire aux gens qu'on vous présente... Il y avait aussi de petits avis tendres et des idées pratiques : comment s'organiser contre l'inconfort durant le voyage... Il y avait enfin beaucoup de conseils de morale et de piété.

Marie-Thérèse savait bien que tout cela entrait par une oreille et ressortait par l'autre. La petite, qui se retenait de bâiller en l'écoutant, oublierait la plus grande partie de ce précieux viatique. Mais l'impératrice voulait croire qu'il en resterait malgré tout un petit quelque chose, quelques préceptes qui peut-être ressurgiraient un jour au moment où Antoinette en aurait besoin.

*

Un samedi de mars, l'un des derniers avant le grand départ, Vermond, comme chaque semaine depuis qu'il était à Vienne, se rendit à midi chez l'impératrice.

— Monsieur Vermond, dit Marie-Thérèse, je n'ai pas encore eu le temps de vraiment vous remercier. C'est pour moi une angoisse de voir partir cette chère enfant et j'éprouve un réel soulagement de savoir qu'elle vous aura près d'elle. Je dois vous le dire, Antoinette éprouve pour vous une véritable affection.

— Elle est bien réciproque, Majesté.

— Nous avons travaillé pour vous : à Versailles, vous aurez la fonction de lecteur auprès de la dauphine.

— Lecteur, Majesté ? Que devrai-je lire à Son Altesse ?

— Des livres, de bons livres... que sais-je ? Ce que vous voudrez !... Vous n'imaginez pas comme ces gens de Paris sont tatillons et quels trésors d'imagination nous avons dû déployer pour vous inventer cette fonction. Ce titre de lecteur, qui ne veut pas dire grand-chose, vous permettra de demeurer de façon officielle auprès d'Antoinette. La tradition française veut que la jeune mariée n'amène avec elle aucune personne de son pays d'origine. « Comme cela se trouve ! avons-nous dit, son précepteur, l'abbé Vermond, est justement français, il n'est donc pas concerné par cette mesure. – Nos princesses, ont-ils répondu, une fois mariées, n'ont plus de précepteur. La dauphine, de ce fait, n'aura plus besoin des services de l'abbé Vermond. – Dans tous les pays, avons-nous riposté, on autorise les princesses à amener avec elles leur confesseur si elles le désirent. L'abbé Vermond sera le confesseur de la dauphine. – L'abbé Vermond, ont-ils dit, n'a aucune expérience en tant que directeur de conscience... »

Vermond se permit de faire observer :

— Ce qui est tout à fait exact, Majesté.

— Nous nous en serions arrangés, dit Marie-Thérèse, mais puisqu'ils refusent, n'en parlons plus. Toutefois, c'est bien dommage... Et c'est là que mon chancelier a fait cette trouvaille du lecteur. « Une princesse autrichienne, avons-nous dit, ne saurait se passer de son lecteur. » Et mon frère le roi, voyant que je ne céderais pas, a accepté.

— Mais quelle sera exactement ma tâche, Majesté ?

— Elle ne change pas. Ma fille est trop jeune pour se passer de contrôle. Ma crainte la plus grande est qu'à Versailles elle se laisse aller à la paresse et la dissipation.

« Crainte fondée », pensa rapidement Vermond qui savait bien qu'Antoinette, quoique sincèrement désolée d'avoir à quitter les siens, commençait à entrevoir les avantages d'un avenir de liberté à distance du regard maternel.

— Il faudra qu'elle lise au moins une heure tous les jours dans de bons livres choisis par vous, continua l'impératrice. Faites attention qu'en France beaucoup d'ouvrages pernicieux se cachent sous des titres respectables. Je désire qu'elle m'envoie régulièrement des comptes rendus écrits de ses lectures. Je tiens en outre à ce qu'elle effectue chaque matin au moins un quart d'heure de lecture spirituelle.

Vermond fit un signe d'assentiment.

— Cela sera fait, Majesté. Je voudrais faire part à Votre Majesté d'une conversation que j'ai eue avec Son Altesse. Son Altesse m'a questionné à propos de Mme du Barry.

— Ah ! dit Marie-Thérèse, c'était à craindre... Que lui avez-vous dit ?

— Que le roi était très affligé par les deuils qui l'ont frappé et que Mme du Barry avait une sorte de don pour la consolation... Son Altesse est si gentille et innocente qu'elle voit Mme du Barry comme... disons, une dame de compagnie du roi.

— C'est habilement trouvé, dit Marie-Thérèse, et nous n'irons pas plus loin pour l'instant. Je confirmerai cette version à Antoinette.

L'impératrice médita un instant avant de poursuivre :

— C'est un problème très délicat, la conduite qu'Antoinette va devoir adopter avec cette Mme du Barry... Trop délicat pour en décider à l'avance. Dans un premier temps, il faudra avant tout éviter de froisser le roi. Qu'elle n'en fasse ni trop ni trop peu. Pas d'excès de familiarité, mais pas d'excès de rejet non plus.

— C'est entendu, Votre Majesté.

— Si elle rencontre des difficultés, qu'elle m'écrive au plus vite, je lui enverrai des instructions... Des difficultés, poursuivit-elle, il y en aura. Antoinette et cette Du Barry vont se trouver dans des situations trop antagonistes pour qu'il n'y ait pas de conflit. Ma fille aura dans son jeu l'avenir et la légitimité, Mme du Barry a le présent et toute la puissance que donne la faveur royale.

Marie-Thérèse poussa un soupir destiné à travers le continent à Louis XV. Vraiment, on pouvait dire qu'il compliquait bien les choses avec ses amours tardives !... Que les hommes soient faibles, elle n'avait aucune illusion sur ce sujet. Même le bien-aimé François-Étienne, en son temps... Mais ce n'était pourtant pas difficile de rester discret, grand Dieu ! Louis XV avec sa manière d'afficher son scandale grippait la machine bien huilée des cours d'Europe. Enfin !...

L'impératrice reprit :

— Monsieur l'abbé, à Versailles, Antoinette aura besoin de beaucoup d'amitié et pour cela je sais que je peux compter sur vous.

Le jeune homme s'inclina :

— Je remercie Votre Majesté.

— Et elle aura encore plus besoin de conseils. Le plus proche d'elle, ce sera vous. Elle recevra aussi l'aide de mon ambassadeur à Paris, le comte de Mercy-Argenteau, qu'elle pourra voir presque chaque jour. Vous le connaissez, je crois ? Vous pourrez vous adresser à lui en toute confiance. Mercy-Argenteau m'écrira très régulièrement par courrier spécial et je lui ferai connaître mes recommandations.

Elle planta son regard dans celui de Vermond.

— Pour pouvoir être utile à cette enfant, il faudra que je sois très exactement instruite de ce qui se passe autour d'elle. C'est vous qui serez le mieux placé pour m'aider. Vous informerez si possible chaque jour M. de Mercy-Argenteau de ce que vous verrez. Et moi, j'aviserai. J'écrirai à Antoinette pour la diriger. Et, si besoin est, j'écrirai à mon frère le roi pour lui demander d'intervenir.

Vermond ressentit un malaise profond. C'était donc pour ça toutes ces amabilités qu'on lui débitait depuis une demi-heure, toute cette peine qu'on s'était donnée pour l'envoyer à Versailles ? Pour faire de lui le plus proche espion de Marie-Antoinette ? Et quand Marie-Antoinette serait devenue française, renseigner l'Autriche, est-ce que cela ne serait pas de la trahison envers la France ?

Marie-Thérèse perçut le trouble du jeune homme et enchaîna :

— Ne vous grossissez pas les choses, monsieur l'abbé. On croirait que je vous demande d'espionner ma fille.

« Mais, c'est exactement ce que vous me demandez, Majesté ! » pensa-t-il.

— Réfléchissez, monsieur Vermond ! À peine arrivée à Versailles, Antoinette, avec ses deux sous de cervelle, va être la proie de toutes les coteries qui voudront chacune avoir la dauphine dans leur clan. Est-ce que vous la croyez de taille à affronter cela toute seule ? Et qui d'autre que moi pourrait l'aider ? Le roi ? Il ne pense qu'à lui et ne s'est même pas occupé de ses propres enfants. Le dauphin ? C'est un enfant, et encore, pas des plus fins. Je ne vous demande pas de me livrer des secrets d'État. Je vous demande des choses très ordinaires qui ne concernent que ma fille : qui elle fréquente, quel est son emploi du temps, si elle prononce des paroles imprudentes… Je ne compte pas qu'Antoinette me l'écrive elle-même. Je connais mes filles. J'ai déjà marié toutes les autres. Quand elles sont sur leur trône tout neuf, la liberté leur monte à la tête, elles se croient très malignes, elles se sentent pousser des ailes, elles accumulent sottise sur sottise et, bien entendu, elles se gardent de m'en informer. Il est vrai qu'en général cela ne dure qu'un moment et qu'elles deviennent ensuite plus raisonnables… Monsieur Vermond, nous avons un cap à franchir. Vous, moi et Mercy-Argenteau, nous devons aider Antoinette à traverser ses premières années de dauphine sans dégâts. Nous pouvons y arriver si nous travaillons ensemble de confiance.

Vermond subissait ce déluge d'arguments. Il était sensible à l'habileté de Marie-Thérèse. En faisant appel à l'affection qu'il éprouvait pour Antoinette, elle était bel et bien en train de le convaincre d'accepter cette tâche de mouchard qui lui répugnait. D'autre part, il savait que l'impératrice avait raison : si à Versailles Antoinette était livrée à elle-même, on courait à la catastrophe. Et personne, là-bas, ne l'aiderait, du moins de façon désintéressée. La seule personne qui, même de loin, conserverait un peu d'autorité et d'influence sur Marie-Antoinette, ce serait sa mère. Et si l'impératrice n'était pas informée, elle ne pourrait rien.

— J'ai bien compris, Majesté, dit lentement Vermond, je renseignerai M. de Mercy-Argenteau aussi complètement que je pourrai le faire.

— Et je vous en aurai une réelle et très profonde reconnaissance, répondit l'impératrice, en secret soulagée d'avoir gagné sans finalement trop de difficulté. Je vois bien que cette nouvelle mission froisse votre délicatesse, et c'est tout à votre honneur. Mais c'est à l'honneur de votre intelligence d'avoir accepté : ce que vous ferez sera la seule manière d'aider vraiment Antoinette.

« Trop tard, les compliments, Majesté ! » pensa le jeune homme. Il ne se faisait plus d'illusions. On caressait le petit abbé dans le sens du poil parce qu'on avait réussi à le caser à un poste idéal pour espionner la dauphine et qu'il fallait le conserver dans de bonnes dispositions. Il était un petit pion de l'Autriche – au sens propre et au sens figuré – audacieusement avancé par Marie-Thérèse sur le grand échiquier de l'Europe. Qu'il vienne à perdre sa place à Versailles et il n'aurait alors, pour l'impératrice et ses chanceliers, plus d'importance qu'un vieux bas troué... « Et l'affection sincère, songea-t-il avec douleur, l'amitié désintéressée que j'ai pour Antoinette, le désir que j'ai de faire d'elle une grande reine ? Personne n'en tient compte ? » La réponse était non. Chez les princes et les empereurs, les sentiments des gens ordinaires n'avaient aucune importance, c'est-à-dire qu'ils n'existaient pas... « C'est entendu, Majesté, se dit-il encore, je renseignerai votre pompeux imbécile prétentieux de Mercy-Argenteau, mais ce sera en toute conscience. Je le ferai pour protéger Antoinette. Je le ferai parce que je sais que vous aimez votre fille et que j'estime que vous avez le droit de savoir comment elle vit. Et j'espère bien que de votre côté vous serez capable de l'aider avec intelligence, et pas avec vos gros sabots... Mais je ne le ferai en aucun cas pour aider l'Autriche contre la France. »

Une autre des paroles de l'impératrice avait profondément blessé Vermond. Elle venait de dire à propos du dauphin Louis : « C'est un enfant, et encore, pas des plus fins. » C'était donc vrai ce qu'Antoinette avait dit et qu'il n'avait pas voulu croire ? Le dauphin qu'il aimait tant, l'espoir et l'avenir de la France, eh bien, Marie-Thérèse et toute sa clique l'avaient déjà catalogué parmi les benêts !... Et nul doute qu'ils devaient se frotter les mains. Un roi obtus sur le trône de France, qui, avec un peu de chance, se laisserait conduire par sa jolie petite femme, elle-même dirigée par son intelligente maman, la maman étant bien renseignée par MM. Vermond et Mercy-Argenteau, tout cela, c'étaient de beaux jours à venir pour l'Autriche-

Hongrie !... Vermond se sentait blessé, humilié dans son patriotisme. Pour la première fois, il était heureux de rentrer bientôt en France.

— Une dernière chose, monsieur l'abbé, dit encore l'impératrice alors qu'il s'apprêtait à prendre congé, c'est un détail, mais qui peut avoir de l'importance. Si vous avez à écrire à M. de Mercy-Argenteau, n'utilisez jamais la poste. Portez vos lettres vous-même, ou envoyez une personne de très grande confiance.

« Elle ne m'épargnera vraiment rien », pensa Vermond. Marie-Thérèse ne laissait rien au hasard. C'était un conseil pratique pour espion débutant. La police de Louis XV surveillait de très près le courrier.

Vermond s'inclina avec une certaine raideur en quittant la pièce.

— Cela va sans dire, Majesté.

*

Le soir, en se mettant au lit, Vermond, encore troublé et agité, se remémorait l'audience de la journée. En y repensant, ce qui l'avait frappé durant cette conversation, c'était l'anxiété qu'il avait ressentie chez l'impératrice. Marie-Thérèse était mortellement inquiète de voir partir sa fille. « Il est certain, se disait Vermond, qu'elle n'est pas prête.

Mais, à qui la faute, Majesté ? sinon à vous qui avez abandonné Antoinette pendant des années à ses gouvernantes. Bien sûr, vous aviez du chagrin, beaucoup de travail... Mais vous avez laissé votre fille devenir une enfant gâtée. Vous le savez bien, du reste. C'est pour cela que vous êtes si tendue. Par affection pour Antoinette, je vous aiderai en dépit de votre cynisme. Mais il y a une chose que vous n'obtiendrez jamais de moi : vous dire ce que j'estimerai ne pas avoir à vous dire. »

Chapitre 12

L'adieu au Danube

Le 19 avril, le mariage de Marie-Antoinette fut célébré en l'église des Augustins de Vienne. Mariage symbolique où la place du dauphin était tenue par un adolescent du même âge, l'archiduc Ferdinand, le frère de Marie-Antoinette. Le même jour, à la même heure, une cérémonie similaire avait lieu à Paris. C'était l'usage. Une nouvelle célébration confirmerait tout cela quand les deux jeunes époux se seraient rejoints.

Le 21 avril, la caravane de carrosses qui emmenaient la nouvelle dauphine vers son nouveau pays s'ébranla. On échangea auprès des voitures les dernières révérences toutes protocolaires. On versa des ruisseaux de larmes qui l'étaient moins. Et enfin le convoi se mit en route.

Trois cents personnes entassées dans soixante carrosses, tirés par trois cent cinquante chevaux accompagnaient Marie-Antoinette. Marie-Thérèse avait vu les choses en grand. Sa chère fille, l'une des plus grandes princesses d'Europe, n'allait tout de même pas apparaître à ses nouveaux sujets mesquinement escortée. Les compagnons de Marie-Antoinette avaient été choisis parmi la très haute noblesse autrichienne. Les Français n'allaient pas manquer d'envoyer leurs plus grands noms à la rencontre de la dauphine. On ne pouvait pas prendre le risque de faire moins bien qu'eux.

Quand le carrosse tout doré, construit spécialement pour ce voyage, se mit en route, Antoinette appuya sa tête contre le dossier de la banquette et ferma les yeux. L'abbé Vermond, assis en face d'elle, l'observait en silence. La jeune fille était pâle, ses yeux étaient cernés par la fatigue des dernières semaines. Un détail émut Vermond : Antoinette, comme une enfant, tenait roulé en boule dans son poing le mouchoir qui lui avait servi à essuyer les dernières larmes du départ. Pendant presque deux heures, elle ne bougea pas. À l'étonnement de Vermond, pas une fois elle n'ouvrit les yeux. Elle ne pencha même pas la tête à la portière pour apercevoir une dernière fois son cher Schönbrunn. « Allons, se dit-il, c'est sans doute mieux ainsi... L'impératrice savait ce qu'elle faisait. La fatigue va peut-être lui épargner la peine de l'arrachement. »

Le convoi marchait vers l'ouest à un rythme tranquille en suivant la rive du Danube. À Melk, on dit adieu à l'empereur Joseph qui avait accompagné sa petite sœur jusque-là. On se quitta sans trop de tristesse. Ce n'était qu'un au revoir puisque Joseph avait promis de venir bientôt à Paris.

À Linz, le Danube trouvait bon de remonter vers le nord. La route vers la Bavière et Strasbourg, par où l'on devait entrer en France, filait plein ouest. On quittait donc ici la rive du fleuve. Quand Antoinette vit que la route tournait et qu'elle comprit qu'on se séparait du Danube, le cher vieux fleuve majestueux et puissant, le compagnon de son enfance, elle se planta devant la fenêtre de la voiture, immobile, des larmes grosses comme des pois roulant sur ses joues.

« Ça y est, pensa Vermond, le voilà, le grand chagrin... Et ce ne sont pas Joseph, ni Marie-Thérèse, ni le palais de Schönbrunn qui le provoquent, c'est le grand fleuve. »

Il se pencha à la portière et pria le cocher de s'arrêter. Le carrosse se trouvait en haut d'une butte, face à la boucle du Danube qui s'en allait vers le nord. Le vent rebroussait dans le courant des vagues qui brillaient au soleil.

Le prince de Starhemberg, à qui Marie-Thérèse avait confié la direction du voyage, accourut effaré. Que signifiait cet arrêt ? Son Altesse serait-elle malade ? Vermond se pencha à la fenêtre et, avec une autorité qui l'étonna lui-même face à un personnage aussi considérable que le prince de Starhemberg, déclara :

— Son Altesse ordonne qu'on s'arrête un moment. Elle veut qu'on la laisse tranquille. Elle vous dira elle-même quand elle aura le désir de repartir.

Puis il ferma le rideau au nez du prince et se renfonça dans la voiture. Il fallait maintenant s'occuper d'Antoinette. Elle pleurait toujours, plus fort maintenant, en regardant le fleuve à travers l'autre fenêtre. Il lui prit doucement les mains.

— Pleurez, Antoinette, dit-il, pleurez si vous en ressentez le besoin. Ne craignez rien, personne ne vous forcera à partir de cet endroit tant que vous ne le voudrez pas vous-même.

— Mais, M. de Starhemberg ?... demanda-t-elle entre deux sanglots.

— Il attendra, dit le jeune homme.

Le visage d'Antoinette était baigné de larmes.

— Je voudrais rentrer à la maison... dit-elle. Je voudrais revenir à Schönbrunn...

Vermond ne répondait rien, il n'y avait d'ailleurs rien à répondre, sinon des « allons, allons... » apaisants. Il lui tapotait gentiment les mains et lui tendait un mouchoir propre chaque fois que le précédent était trempé. Il se félicitait d'en avoir mis, sans trop savoir pourquoi, trois dans sa poche ce matin-là. Il devinait qu'Antoinette, en voyant s'éloigner le fleuve avait brusquement pris conscience de la réalité de son départ et de son caractère définitif. Il comprenait que l'émotion de la jeune fille était intense et qu'il ne fallait en aucun cas la brusquer. Il se sentait prêt à maintenir le convoi arrêté sur cette butte trois jours s'il le fallait et pour cela à braver dix princes de Starhemberg.

Une heure plus tard, le soleil commençait à baisser, l'intense lumière des après-midi d'avril donnait à l'eau du Danube un éclat métallique. Les pleurs d'Antoinette, petit à petit, s'apaisèrent.

Vermond dit avec douceur :

— Je crois que vous lui avez bien dit adieu, maintenant. Voulez-vous que nous repartions ?

Elle fit oui de la tête.

Il rouvrit le rideau. Le prince de Starhemberg faisait les cent pas sur la route en tirant toutes les demi-minutes sa montre de son gousset.

— Son Altesse souhaite se remettre en route, dit-il.

Starhemberg poussa un soupir à la fois de soulagement et d'exaspération destiné à l'espèce féminine dans son entier, genre aux nerfs continuellement sens dessus dessous. Il fit signe de remonter en voiture à tous les courtisans, membres de la délégation, qui attendaient, assis sur l'herbe des talus, que la crise d'angoisse de Son Altesse fût calmée, et les soixante carrosses repartirent.

— C'est fini, je serai brave, maintenant, dit Antoinette d'une petite voix quand on eut roulé un peu.

— Ce n'est pas une obligation, Altesse, vous avez tout à fait le droit d'être triste et de le dire.

Elle eut un geste vers les autres carrosses :

— Pas tellement avec ces gens-là...

— Ah, avec ces gens-là, c'est autre chose, il faut « représenter ». Mais avec moi, avec vos dames d'honneur préférées, avec les plus gentilles de vos femmes de chambre, dites ce que vous ressentez. Écrivez-le à votre maman et à vos sœurs si vous en avez envie. Il ne faut pas garder ces choses-là enfermées à l'intérieur de soi. Et pleurez si ça vous chante.

Antoinette eut un pauvre sourire à travers ses larmes.

— Quelle drôle d'expression, dit-elle.

Vermond sourit aussi :

— Si vous aviez consenti à ce que je vous enseigne un peu de géographie, vous ne seriez pas si malheureuse. Vous sauriez que nous allons le retrouver, votre beau Danube. En Bavière. Juste avant d'arriver en France. À Donau-Schiengen, tout près de sa source.

— Il doit être tout petit, alors.

— Un bébé-fleuve, en quelque sorte. On dit que son eau est d'une transparence si parfaite qu'on ne la voit pas.

— Je serai heureuse de voir ça, dit Antoinette.

La nuit commençait à venir. La file de carrosses roulait vers l'Allemagne. On avait plusieurs heures de retard sur le programme, ce qui irritait fort M. de Starhemberg mais qui était parfaitement égal à Antoinette et à l'abbé Vermond.

Chapitre 13

L'Île des Épis

Seize jours plus tard, le 5 mai, la caravane de Marie-Antoinette atteignit l'abbaye de Schüttern, sur la rive allemande du Rhin, la dernière étape avant d'entrer en France.

Il avait plu les journées précédentes. Le carrosse doré de la dauphine était entièrement englué de boue et n'avait plus grand-chose de doré. La caravane autrichienne, si élégante au départ, avait l'air plutôt détrempé. « Il faut espérer qu'il a autant plu du côté français, se disait Vermond, sinon, pour le concours d'élégance, nous sommes mal partis. » Heureusement, le programme prévoyait une journée et demie de répit avant d'entrer à Strasbourg. Les gens d'écurie auraient un peu de temps pour redonner un air de neuf à tout cela.

À chaque étape, la caravane princière avait été grandement accueillie par les sommités locales. Il avait fallu écouter des discours de bienvenue, aller admirer les curiosités de l'endroit, assister à des ballets, des opéras, encore entendre des discours souhaitant bon voyage... Tout cela était charmant et hospitalier mais le résultat fut qu'en arrivant en vue de Strasbourg, les trois quarts des illustres voyageurs étaient sur le flanc.

Vermond, en découvrant la quantité de fêtes, réceptions et spectacles que le programme du voyage allait imposer à sa jeune princesse, en plus des huit ou neuf heures de route quotidiennes, avait été abasourdi. « C'est trop, avait-il pensé, beaucoup trop d'efforts pour une enfant de quatorze ans !... »

Et pourtant, Marie-Antoinette s'était bien tirée de l'épreuve. Elle avait écouté tous les discours. Quand on l'avait applaudie sur la route, elle avait su montrer un aimable sourire à la portière. Elle avait assisté aux opéras sans bâiller ou si peu que personne ne s'en était rendu compte. Il avait plu pendant la moitié du voyage. Durant toute la traversée de la Bavière on n'était pas sorti d'un brouillard froid et humide, Marie-Antoinette avait pris froid mais ne s'était plainte de rien. Elle avait supporté la fatigue mieux que la plupart de ses accompagnateurs adultes. Ceux-ci le reconnaissaient d'ailleurs de bonne grâce. Ils avaient cru devoir escorter une adolescente trop gâtée et sans cervelle, eh bien ! Marie-Antoinette de Lorraine-Habsbourg, à quatorze ans et demi, pendant ces deux semaines passées sur les routes, venait de prouver qu'elle ne manquait pas de courage et qu'elle était visiblement douée pour le métier de princesse.

« Je le savais bien, songeait Vermond ravi, infiniment fier de son élève, qu'elle avait du cran. »

Mais le plus dur restait à faire. La partie française du voyage. À partir de Strasbourg, on entrait en pays inconnu. L'Allemagne c'était encore la famille. Le lendemain, les Autrichiens accompagneraient leur princesse jusqu'à la limite du territoire allemand et, là, ils lui diraient adieu. Marie-Antoinette enjamberait seule la frontière, représentée par une ligne dessinée sur le sol, et retrouverait de l'autre côté les envoyés de la cour de France.

Et comme prévu, pas une personne venue de Vienne n'aurait le droit de l'accompagner. Pas une amie d'enfance, pas une gouvernante, pas une chambrière. La tradition française sur ce sujet était intraitable. Il était convenu qu'une princesse étrangère qui venait se marier en France devenait complètement française le jour où elle posait le pied sur la terre de son nouveau pays. On estimait que trancher toutes ses racines dès le premier jour, c'était une bonne méthode pour l'aider à s'habituer vite. Et puis, c'était aussi une manière de rappeler à la belle-famille que, désormais, la jeune fille échappait définitivement à son autorité et à son contrôle.

Mais apparemment, se disait Vermond, Marie-Thérèse n'avait pas l'air de se sentir concernée par ce message. L'impératrice d'Autriche avait la très ferme intention de continuer à diriger sa fille depuis l'Autriche. Un réseau de rapides courriers spéciaux, exclusivement réservé aux lettres échangées entre l'impératrice et Marie-Antoinette, avait déjà été mis en place. Aucune lettre ne passerait jamais par la poste ordinaire, car la poste ordinaire était sous la surveillance du cabinet noir.

Le cabinet noir était un efficace département des services secrets de Louis XV. C'était un endroit où quinze employés étaient occupés jour et nuit à ouvrir et à lire les lettres avant les personnes à qui elles étaient adressées. On lisait les lettres, si besoin on en prenait copie, on les refermait et on les remettait au courrier. Et chaque matin le roi trouvait sur son bureau un rapport résumant tout ce qu'on y avait trouvé d'intéressant. Marie-Thérèse savait parfaitement cela. Elle le savait d'autant mieux qu'elle disposait en Autriche de son propre cabinet noir tout aussi diligent que son confrère français.

L'abbé Vermond était le seul qui emportait avec Marie-Antoinette des souvenirs précis du palais de Schönbrunn et de ses jardins. Plus tard, en France, quand Marie-Antoinette évoquerait une pièce, ou un meuble, ou un endroit du parc, lui seul saurait exactement de quoi elle parlait.

Elle avait bon dos, la tradition française, pensait Vermond. Autrefois, on n'appliquait pas cette règle avec autant de rigueur. Les jeunes reines de France, dans les temps plus anciens, amenaient avec elles des amis et des serviteurs. Quoi de plus naturel pour ces jeunes femmes qui quittaient pour toujours leur famille et leur pays ? La règle s'était durcie au temps de Louis XIV. Et il n'y avait qu'à regarder le résultat : un défilé de princesses malheureuses ! Marie-Thérèse, l'épouse du Roi-Soleil, avait souffert toute sa vie du mal du pays. Marie-Anne de Bavière, la femme de son fils, avait été « la princesse mélancolique ». Élisabeth-Charlotte, la princesse palatine, la belle-sœur du Roi-Soleil, malgré un caractère bien trempé, n'avait jamais pu surmonter la nostalgie de « ses chères Allemagnes »... Certes, l'étiquette s'était affadie avec Louis XV mais on avait réussi à conserver cet usage-là bien vivace. La vérité était qu'on ne voulait pas d'un clan espagnol, ou allemand, ou autrichien autour de la nouvelle reine ou de la nouvelle dauphine. Des clans, des coteries, on avait déjà tout ce qu'il fallait sur place. Des clans de toute beauté qui se jalousaient, se haïssaient et ne songeaient qu'à se faire des crocs-en-jambe. Il ne semblait pas indispensable d'en importer de nouveaux. Et tant pis pour les jeunes femmes déracinées. L'honneur d'être princesse française et le bonheur de vivre à la cour du plus grand roi du monde compensaient bien l'effort qu'on leur demandait.

Comment Antoinette allait-elle supporter cette épreuve ? s'interrogeait son précepteur non sans anxiété. Cependant, il ressentait au fond de lui-même une certaine confiance. Les débuts ne seraient peut-être pas faciles, mais la jeune fille possédait un caractère si naturellement heureux, un tel don pour se faire des amis, qu'il n'était pas possible que le roi et le dauphin ne succombent pas à son charme. Et quand elle aurait l'amitié du roi, elle aurait celle de tout le monde.

*

Le soir du 5 mai, il pleuvait encore. Après le souper, Vermond vint retrouver Marie-Antoinette dans son appartement de l'abbaye. Avant de faire sa toilette et de se mettre au lit, elle prenait un moment de repos, allongée sur une chaise longue. La jeune fille était pâle, elle semblait plus fatiguée qu'aux étapes précédentes. Elle avait froid. Elle était profondément triste aussi. L'abbé comprit que, tant qu'on n'avait pas atteint Strasbourg, Marie-Antoinette avait pu laisser survivre en elle une espèce d'espoir que les choses n'étaient pas tout à fait définitives. Ce voyage, ce n'était peut-être qu'une sorte de promenade à la fin de laquelle elle rentrerait chez elle ?... Avec l'arrivée en France, il fallait regarder les choses en face : elle ne reverrait pas sa mère, ni sa maison, ni les siens, avant très longtemps ; et peut-être jamais.

Quelques jours plus tôt, Marie-Antoinette avait écrit à sa mère. Bien entendu, elle avait donné sa lettre à son professeur pour qu'il en corrige les fautes. Une petite phrase ajoutée à l'intention de ses frères et sœurs avait serré le cœur de Vermond : « *Adieu, mes frères et sœurs, pensez à la jeune Française et aimez-la...* »

Dans l'après-midi, une délégation de seigneurs français, brodés, dorés et chamarrés, était accourue à Schüttern pour saluer la nouvelle dauphine. Marie-Antoinette les avait trouvés gais, élégants, chaleureux, mais ils lui étaient tous inconnus. Ses accompagnateurs autrichiens étaient parfois des raseurs, néanmoins elle les connaissait depuis l'enfance. À la veille de les quitter, elle se découvrait pour eux l'affection qu'on a pour les objets qu'on a toujours vus à la même place dans la maison, ou pour les personnes qu'on a toujours connues autour de soi sans jamais imaginer qu'elles puissent un jour s'en aller.

Vermond perçut intimement le désarroi de la jeune fille. Il ressentit pour elle une grande tendresse. Elle était si jeune encore, si proche de l'enfance...

— Y a-t-il quelque chose que je puisse faire pour Votre Altesse ? demanda-t-il.

La petite princesse leva les yeux. Elle eut pour son ami l'abbé un gentil sourire un peu pâle. On ne se voyait plus beaucoup depuis le départ de Schönbrunn... Cela aussi, c'était une des choses qui avaient changé. Avant, Antoinette et Vermond passaient les journées entières ensemble, le plus souvent seuls. Sous prétexte d'étudier le français, ils bavardaient librement du matin au soir. Antoinette pouvait rire, plaisanter, dire mille bêtises, ou au contraire parler à cœur ouvert en toute confiance, elle savait que Vermond ne rapportait jamais rien à sa mère. Mais depuis qu'on était parti, ils n'étaient plus que rarement seuls ensemble. Il avait bien fallu, par politesse, accueillir quelques seigneurs et dames dans le carrosse. Il y avait toujours quatre ou cinq personnes pour écouter ce qu'ils avaient à se dire. Oh ! ce n'était pas méchamment, ni par indiscrétion... Au contraire, tous ces gens étaient plutôt emplis de bienveillance envers la jeune princesse. C'était la vie de cour, tout simplement. Tout ce que disait la dauphine était désormais public.

À Schönbrunn, Marie-Thérèse, avec son énorme personnalité, avait toujours été un rempart entre Marie-Antoinette et le public. Grâce à quoi, la jeune fille avait presque pu vivre l'enfance tranquille d'une enfant de famille aisée, habitant une belle maison tranquille à la campagne. Eh bien, c'était fini ! En quelques jours, Marie-Antoinette avait compris que tout ce qu'elle disait était écouté et répété. Et tout ce qu'elle faisait était observé et commenté.

Par chance, ce soir-là, Vermond arrivait au bon moment. Cinq minutes plus tôt, Marie-Antoinette, assise dans sa chaise longue, avait fermé les yeux pendant quelques instants. Les dames d'honneur, qui étaient au moins aussi fatiguées que leur jeune maîtresse et qui ne désiraient qu'une chose, aller changer de vêtements et fermer elles aussi les yeux un moment, avaient aussitôt décrété qu'il fallait laisser Son Altesse se reposer dans le calme, et elles avaient quitté l'appartement. Les femmes de chambre étaient occupées un peu plus loin. L'heure était au calme. La princesse était seule ou presque. De fait, il s'agissait d'une négligence de la part de son entourage mais Marie-Antoinette se serait bien gardée de s'en plaindre.

Vermond demanda à nouveau :

— Y a-t-il quelque chose que je puisse faire pour Votre Altesse ?

Marie-Antoinette hésita un instant.

— Il y aurait bien... mais, non... ce serait beaucoup de tracas pour vous.

— Dites-moi toujours ce qui vous ferait plaisir, et puis nous verrons bien.

— Eh bien, vous le savez, après-demain, M. de Starhemberg m'a dit que la remise aurait lieu dans une île...

« La remise !... » pensa Vermond. Que ce vocabulaire officiel était donc délicat ! Une princesse était « remise » comme un colis. Mais ce mot avait l'air de ne choquer personne.

Il comprit :

— Vous aimeriez savoir à quoi ressemble cette île ?

— J'ai posé la question à M. de Starhemberg. Il m'a répondu : « C'est une île sur le Rhin. Elle est faite comme toutes les îles. »

— Ce qui vous a bien avancée. M. de Starhemberg n'a sans doute jamais vu cette île de sa vie. Et comme il n'a aucune imagination, il vous a dit tout ce qui lui semblait avoir de l'importance. Comment voudriez-vous qu'elle soit, cette île, Altesse ?

Marie-Antoinette sourit :

— J'aimerais qu'elle soit comme l'île de Robinson avec des flots tumultueux autour. Et je serais bien heureuse si je pouvais y rester un peu seule avant de continuer ce voyage.

Vermond sourit aussi :

— Cette île-là vous ressemblerait... Je sais que celle que vous allez traverser s'appelle l'île des Épis, qu'elle est assez grande, entourée par un grand et un petit bras du Rhin, et qu'il y a des champs et des fermes dessus. On m'a dit qu'on a construit pour vous une sorte de palais de bois, là où on se figure que la frontière passe. Ce doit être tout à fait joli. Vous entrerez par la porte allemande et vous ressortirez par la porte française. Mais, savez-vous ? demain, j'irai voir cette île et le pavillon de bois. Au moins, je vous parlerai de quelque chose que j'aurai vu.

— C'était ce que je voulais vous demander, mais est-ce que cela ne va pas être bien de la fatigue pour vous ?

— Mais non... J'irai demain matin. C'est une très bonne idée que vous avez eue là, Altesse. Savoir à quoi ressemblent l'île et le pavillon vous permettra de vous rendre à cette cérémonie avec l'esprit plus tranquille.

— Demandez au moins une voiture pour vous y conduire.

— Surtout pas. S'ils sont au courant de ce projet, les ambassadeurs autrichiens vont courir se concerter avec les ambassadeurs français pour rechercher si le protocole autorise le lecteur de Madame la dauphine à aller se promener dans l'île des Épis. Ils éplucheront le cérémonial de tous les mariages royaux depuis Clovis pour savoir si un précédent a existé. Je partirai sans bruit et je parie que personne ici ne s'apercevra de mon absence.

— Vous voulez faire tout ce chemin à pied ?

— Le bel exploit ! Ce n'est pas si loin. Et puis il y aura demain cent voitures qui circuleront entre Schüttern et Strasbourg. Il y en aura bien une pour s'encombrer de ma personne.

Chapitre 14

TOUJOURS LA PLUIE

Le matin du 6 mai, il pleuvait toujours. Vermond quitta l'abbaye par une porte de service. Comme il s'en doutait, il trouva une voiture qui se rendait à Strasbourg. Elle transportait l'intendant d'une dame d'honneur de Marie-Antoinette qui allait en ville faire provision de rubans et de dentelles, les robes d'apparat ayant, depuis Vienne, beaucoup souffert des intempéries.

Vermond le quitta à Kehl, avant de franchir le pont. Il remercia et poursuivit sa route à pied.

En temps normal, pour être autorisé à traverser le fleuve, il fallait montrer son passeport mais, ce jour-là, veille de fête, les gardes-frontières ne gardaient rien. L'atmosphère était à la liesse. On tirait des pétards. Des gens qui ne se connaissaient pas se félicitaient en riant sous la pluie. La nouvelle dauphine passerait demain sur ce même pont. Strasbourg se sentait toute joyeuse et toute fière d'être la première ville française sur la route de Marie-Antoinette.

Pour Vermond, c'était émouvant de se sentir si près de la France. Elle était là, à portée de regard, de l'autre côté du petit bras du Rhin. Et la bonne humeur de tous ces gens lui faisait chaud au cœur. En rentrant à Schüttern, il irait raconter tout cela à Marie-Antoinette ; elle s'en sentirait sûrement réconfortée.

Vermond replia au fond de sa poche son passeport inutile. Il en éprouva un petit regret de vanité. Ce passeport était un laissez-passer officiel de la délégation autrichienne couvert de dorures, de cachets et de signatures, un véritable passeport de diplomate. Chaque fois que l'abbé avait eu à le produire depuis Vienne, il avait senti grimper en flèche la considération qu'on lui portait. On l'avait appelé « Votre Seigneurie », « Votre Excellence »... Il en riait tout seul en marchant. « Pour un peu, songeait-il, avec un passeport comme celui-ci, on finirait presque par se prendre pour quelqu'un d'important. »

Il marchait à grands pas sans se soucier de mouiller ses souliers et ses bas. Au contraire, il faisait jaillir l'eau des flaques comme un écolier échappé de sa classe. Comme c'était agréable d'aller à pied après toutes ces journées en voiture ! Et que c'était bon d'être un peu seul !

L'île des Épis était comme la campagne environnante, c'est-à-dire verte, mouillée et paisible. On y voyait des champs, des fermes et des bosquets. Une allée sablée toute neuve quittait la grand-route pour conduire au nouveau pavillon construit pour accueillir la dauphine. L'allée était barrée à son entrée par un cordon. Cette pacifique barrière signalait qu'il ne fallait pas marcher sur ce chemin qui devait rester pimpant et coquet pour l'arrivée de Marie-Antoinette.

Un sentier beaucoup plus boueux passait sur le côté. Des promeneurs, hommes, femmes et enfants, s'y engageaient en se salissant joyeusement les pieds. Apparemment, les Strasbourgeoises et les Strasbourgeois avaient aussi eu envie d'aller voir le palais neuf. Un groupe de jeunes gens qui revenait souhaita gaiement une bonne journée à Vermond. Il ôta son chapeau et répondit avec chaleur. C'était bien plaisant d'être redevenu un promeneur ordinaire.

À Vienne, chacun savait que Vermond n'était pas seulement le précepteur de Marie-Antoinette, mais aussi son ami et son confident. L'impératrice le recevait toutes les semaines et la confiance qu'elle lui accordait était connue de tout le monde. L'empereur Joseph II avait plusieurs fois vanté en public la culture et le savoir-faire du professeur de sa petite sœur. Tout cela était plus qu'il n'en fallait pour établir solidement la situation du jeune Français à la cour. Les nobles viennois s'étaient toujours montrés avec lui d'une politesse parfaite. Pourtant, lors de chaque conversation, à mille minuscules froideurs, à mille petites réticences, Vermond avait compris que, dans leur esprit, il était bien établi qu'ils n'appartenaient pas à la même société. Entre un bibliothécaire de collège parisien et un aristocrate autrichien possédant des terres, des paysans et une galerie de portraits d'ancêtres illustres, il ne pouvait rien y avoir de commun. On pouvait servir consciencieusement la même princesse, échanger des propos agréables, mais on n'était pas et on ne serait jamais du même monde. Qu'il perde sa place auprès de Marie-Antoinette et ce serait comme s'il s'était vaporisé, il cesserait à l'instant d'exister à leurs yeux.

La situation ne serait pas plus facile en France, songeait Vermond qui ne se faisait pas d'illusions. Les aristocrates français étaient aussi imbus du mérite de leur caste que ceux d'Autriche. À Schönbrunn, il avait bénéficié du soutien de Marie-Thérèse et de Joseph. À Versailles, Vermond savait qu'il n'aurait le soutien de personne. Il subirait plutôt l'hostilité de tout le monde. On avait sans doute déjà créé une maison[1] pour la dauphine. Les places

1. Un groupe de courtisans spécialement désignés pour servir et entourer la nouvelle princesse.

devaient y être puissamment honorifiques et royalement payées. Les courtisans de Versailles avaient dû se les arracher... Personne ne serait enchanté de voir arriver de Vienne un « lecteur de la dauphine » qui aurait – en tout cas jusqu'à ce qu'elle se soit familiarisée avec son nouvel entourage – la première place dans l'intimité et la confiance de la princesse.

Lecteur de la dauphine !... pensa Vermond. Vaste programme ! Marie-Antoinette détestait la lecture.

Le pavillon de bois était charmant. On aurait dit un véritable petit palais, coquet, peint et verni, orné de dix-neuf fenêtres et d'une balustrade en bois sculpté. Il ressemblait à un gros jouet neuf, juste sorti de sa boîte et posé là dans ce petit bois. Les alentours immédiats étaient bien un peu boueux mais on étalerait sans doute des tapis à la dernière minute.

Marie-Antoinette serait sûrement enchantée de cette maison de poupée installée au milieu des arbres. Et ce serait une excellente chose, cela l'amuserait, la distrairait et l'aiderait à affronter cette cérémonie de la séparation. Des gardes en uniformes flambant neufs assuraient autour du pavillon une faction débonnaire. Eux aussi avaient l'air de gros joujoux. Ce qui était bien normal, se dit Vermond ; pour garder une maison de poupée, des soldats de bois semblaient tout indiqués.

Les gens de Strasbourg venus en promenade paraissaient ravis. De toute évidence, le pavillon leur plaisait infiniment. Ils considéraient sans doute qu'un palais-joujou, c'était exactement ce qu'il fallait pour recevoir une dauphine encore presque enfant.

Au moins, pensait Vermond, il y a des gens à qui ce mariage fait vraiment plaisir, c'est le peuple français. Il fit le tour du palais de bois et, tout en marchant, il poursuivit sa réflexion. « C'est d'ailleurs à tout le monde que ce mariage fait plaisir, se dit-il. Dans la délégation autrichienne, nous sommes tous rompus de fatigue par ce voyage et cela nous rend moroses et critiques. Sans compter l'inévitable chagrin d'Antoinette que nous ressentons tous. Mais nous n'avons plus que quelques jours d'efforts à fournir. Ce mariage est un très bon mariage. Pour les Français, qui sont privés de reine et de dauphine depuis plusieurs années[1], l'arrivée d'une princesse jeune et charmante comme Marie-Antoinette va être un véritable bonheur. »

Les gens, en France, regardaient avec plaisir le mariage de Louis XVI et de Marie-Antoinette, ces deux adolescents si beaux et si touchants. On ne

1. La reine Marie Leszczynska, la femme de Louis XV, était morte depuis deux ans (en 1768). Et la dauphine, Marie-Josèphe de Saxe, belle-fille du roi, depuis trois ans (en 1767).

souhaitait pas la mort de Louis XV, non, bien sûr. Mais on commençait à être fatigué de lui. Pas tant de son gouvernement que de sa personne. On ne lui en voulait pas d'avoir une maîtresse ; en France, on avait l'habitude, c'était presque une tradition ; tous ses ancêtres en avaient fait autant. On ne lui reprochait pas non plus d'avoir une relation avec une femme du peuple. Si cette histoire avec la Du Barry était restée secrète, presque tout le monde aurait admis que cette affaire ne regardait que lui et qu'il avait bien droit à un peu de bon temps. Un scandale caché était à peine un scandale. On lui en voulait d'avoir institué la Du Barry presque reine de Versailles. On lui reprochait de donner à toute l'Europe le spectacle ridicule d'un roi vieillissant entiché d'une jeunesse qui aurait pu être sa petite-fille. C'était offenser la vertu populaire. C'était rabaisser la monarchie. Et c'était le roi lui-même qui avilissait la royauté. On espérait que Louis XVI et Marie-Antoinette, par la grâce de leur jeunesse, allaient transformer l'atmosphère délétère qui régnait à Versailles. « Ils seront, conclut Vermond, comme un souffle d'air frais pour la nation... » Et, sur cette évocation lyrique, il se dirigea vers l'entrée du pavillon.

À voir les traces de boue qui maculaient les marches et le perron, de nombreuses personnes étaient déjà entrées et sorties. Il devait être possible de visiter l'intérieur. Vermond escalada les trois marches et frappa à la porte toute rutilante de vernis neuf. Elle s'ouvrit d'un tiers. Un majordome rondouillard en perruque poudrée se tenait de l'autre côté, bloquant l'entrée au moyen de son ventre. Derrière le personnage, Vermond put constater que les lustres étaient allumés et que d'assez nombreux visiteurs se promenaient dans les chambres. Une pièce glissée à ce concierge devait avoir la vertu de faire écarter un peu plus le battant.

— Est-il possible de voir l'intérieur du pavillon ? demanda-t-il.

— Non, monsieur, répondit le majordome. Je ne dois laisser entrer que les personnes inscrites sur ma liste qui sont responsables de la cérémonie de demain.

Mais le bonhomme ne lui ferma pas la porte au nez. Il ne semblait pas considérer que son refus mettait un terme à la conversation. Vermond sortit de sa poche son passeport à dorures et cachets et le tendit au majordome en prenant soin d'y ajouter une pièce d'un florin autrichien.

— J'appartiens à la maison de Son Altesse Royale, Madame la dauphine, annonça-t-il avec autorité. Son Altesse m'envoie vérifier que tout est disposé selon ses désirs.

Il se retint pour ne pas sourire. « Selon ses désirs !... » Pauvre Marie-Antoinette ! De toute sa jeune vie, elle n'avait pas dû en exprimer souvent, des « désirs »... À Schönbrunn, les seuls désirs qui avaient cours étaient ceux de sa mère. Et pendant le voyage, Marie-Antoinette n'avait jamais eu voix à quelque chapitre que ce soit. Les décisions étaient prises par le prince de Starhemberg et, bien entendu, par Marie-Thérèse elle-même qui continuait à tout régenter de loin et dont les ordres arrivaient chaque jour par lettres portées par de véloces courriers à cheval.

Le bonhomme, les bras tendus et les sourcils froncés, déchiffra le document. Il le replia gravement et le rendit à l'abbé. Le florin avait disparu comme aspiré par l'une de ses manchettes de dentelle. Il recula d'un pas, ce qui permit à Vermond de se glisser de profil dans l'ouverture un instant libérée. Le concierge referma la porte derrière eux.

— Entrez, monsieur. Il ne faut pas contrarier Madame la dauphine.

Chapitre 15

UNE CHARMANTE LÉGENDE

L'intérieur du pavillon était fait d'une seule pièce, une longue galerie arrangée comme un salon avec des fauteuils, des vases, des guéridons et des tapisseries pendues aux murs.

La galerie était partagée en son milieu par une ligne incluse dans le parquet : la frontière. À cheval sur cette ligne se trouvaient une table et un fauteuil. Le fauteuil devait être destiné à Marie-Antoinette et la table à la signature de son contrat de mariage.

— *Mein Gott !...* qui a choisi ces tapisseries ?

Toutes les têtes se tournèrent. Un groupe de jeunes gens portant le costume noir des étudiants de l'université s'était arrêté auprès de la table et du fauteuil. L'un des étudiants avait eu la curiosité de regarder en détail les tapisseries accrochées derrière le fauteuil. C'était lui qui venait de pousser cette exclamation indignée. Vermond, curieux, s'approcha.

Un des compagnons du jeune homme fit observer à mi-voix :

— Johann, parlez moins haut. Je crois que tout le monde nous regarde.

Son ami ne sembla pas entendre ce sage conseil. Il continuait à discourir en désignant à toutes les personnes présentes les tapisseries, objets de son courroux :

— Parmi toutes les légendes, pourquoi a-t-il fallu choisir celle-ci ? La plus féroce, la plus sanglante de la mythologie !... Pour décorer la salle de mariage d'une toute jeune femme, est-ce qu'on ne pouvait pas trouver un sujet plus approprié ? Quel présage affreux !

L'abbé Vermond se tourna vers les tapisseries. Il reconnut la légende de Médée et de Jason.

Jason, roi d'Iolchos, délaisse son épouse Médée et annonce son intention de prendre pour femme la jeune Créuse, fille du roi de Corinthe. Médée, folle de jalousie, maudit sa rivale, son époux infidèle et les enfants qu'elle a eus avec lui. Elle jure de se venger. Elle envoie à Créuse une robe de noces enduite de sucs mortels qui s'enflamment dès que la jeune femme la revêt. La malheureuse est brûlée vive. Puis Médée égorge ses deux fils sous les yeux horrifiés de leur père et, avant de s'enfuir, prend encore le temps d'annoncer à celui-ci qu'il mourra sous les décombres de son navire. Et en effet, un peu plus tard, une poutre se détache du bateau tiré au sec et brise la tête du roi d'Iolchos.

L'une des tapisseries représentait Créuse se débattant dans les flammes. Sur l'autre, Jason se lamentait près des corps de ses enfants ; derrière lui, Médée s'enfuyait, montée sur un char de feu et lançant une ultime malédiction.

En effet ! pensa Vermond, charmante légende.

Il s'adressa au jeune homme :

— Vous avez raison, monsieur, on ne pouvait guère choisir un pire sujet, mais cela a dû se faire sans intention. Voyez l'épaisseur de ces tapisseries et la richesse de leurs couleurs... Je crois que le décorateur qui a accroché ces tentures n'a regardé que l'effet qu'elles faisaient, il n'a pas dû prendre garde au dessin. Il ignorait peut-être même tout de l'histoire de Jason et de Médée.

— Cela ne change rien, monsieur, répondit le jeune homme. Il faut retirer ces tapisseries avant que la dauphine ne les voie. L'évocation d'une histoire aussi horrible, le jour de son mariage, pourrait lui causer une impression désastreuse.

— Je crois que je peux vous rassurer, monsieur. Demain, Son Altesse aura trop à faire pour s'occuper des tapisseries.

— Monsieur, répondit le jeune homme, vous méconnaissez la puissance des images. Les images demeurent dans notre esprit en marge de notre conscience. Elles ont ensuite le pouvoir d'exciter les pressentiments.

— Allons, monsieur, vous voulez dire que ces tapisseries vont porter malheur à la dauphine ? C'est de la superstition.

— Peu importe, monsieur. Je crois qu'il faut ôter ces tapisseries. N'a-t-on pas autre chose à offrir aux premiers regards d'une belle et aimable reine que ces spectres ?

Il appela le gros majordome :

— Monsieur ! Je viens de trouver une erreur horrible dans l'ameublement de cette galerie... Il faut enlever ces tapisseries !...

Le bonhomme, qui depuis un moment observait le groupe d'un air fâché, s'approcha :

— Monsieur, ces tapisseries ont été choisies par l'intendant de monseigneur l'archevêque. Elles sont fort belles et je ne me vois pas aller lui expliquer qu'il faut les changer parce qu'elles portent malheur. Et je vais vous demander de cesser d'annoncer des catastrophes comme vous le faites, assez haut pour que tout le monde entende. Je vous ai permis de visiter le pavillon, pas d'y causer du scandale. C'est vous qui allez porter malheur à tout le monde !...

— Vous avez tout à fait raison, monsieur, intervint l'étudiant qui avait conseillé à son ami, un moment plus tôt, de parler moins fort. Nous allions d'ailleurs partir et nous vous remercions infiniment de nous avoir permis d'entrer.

Il saisit son compagnon par le bras et tout le groupe des étudiants se dirigea vers la porte, accompagné des regards mécontents des visiteurs du pavillon. Ils trouvaient cette galerie très jolie, ces tapisseries fort belles, pour la plupart ils n'avaient jamais entendu parler de Médée ni de Jason et ce trublion leur gâtait le plaisir.

Vermond sortit derrière les étudiants. Il était temps pour lui de retourner auprès de Marie-Antoinette. Il avait bien observé la galerie et se sentait capable de la décrire en détail, on oublierait seulement de mentionner ces malheureuses tapisseries.

Sur le sentier, il pressa le pas pour rejoindre le jeune homme en noir. Le regard profond de ce jeune homme l'avait intéressé. Il devinait là une sensibilité étonnante. Il se sentait l'envie de reprendre leur conversation là où le gros concierge l'avait interrompue.

— Vous pensez donc, monsieur, demanda-t-il en rattrapant les étudiants, qu'une image entrevue pendant quelques secondes, sans forcément y prêter attention, laisse une impression dans notre esprit ?

Le jeune homme se tourna vivement vers l'abbé :

— Certainement, monsieur. Et il n'y a pas que les images. Dès l'enfance, les sensations s'impriment dans notre pensée, parfois sans que nous en ayons conscience. Elles influencent ensuite, parfois à notre insu, beaucoup de nos actions.

— Notre Johann, intervint l'un des étudiants, a une imagination très vive. Mais il ne faut pas lui en vouloir, c'est un poète qui nous écrit chaque jour autant de vers qu'on peut en produire.

— De très beaux vers, renchérit un autre, dont il vaut mieux ne pas parler à ses parents qui l'ont inscrit à la faculté de droit pour qu'il apprenne le noble art de la chicane et non pour qu'il emplisse des volumes de poèmes.

— Un avocat-poète, reprit le premier, drôle de mélange...

— Ô poète, observa un troisième, avec tes visions tu as bien failli nous faire jeter hors de ce pavillon sous les huées de la populace !...

— Je regrette, murmura le jeune homme, qu'ils n'aient pas voulu retirer ces tapisseries.

— Je crois, monsieur, dit Vermond, que vous pouvez vous ôter cette inquiétude de l'esprit. Demain, Madame la dauphine va devoir faire connaissance avec la moitié de la cour de France. Elle aura trop à faire avec les personnes pour avoir le temps de se préoccuper des meubles. Et, de toute façon, avez-vous remarqué ? son fauteuil tourne le dos aux tapisseries, elle ne les verra même pas.

— Peut-être, mais elles seront là quand même. Ce sera un décor sinistre dans une fête où tout devrait être charmant.

— Allons, ce n'est pas si grave, reprit l'abbé, ce n'est que l'erreur d'un tapissier qui aura oublié certains détails de la mythologie.

— C'est grave car c'est un mauvais présage. La présence de ces personnages peut effaroucher le bonheur.

— Johann, intervint l'un des étudiants, vous êtes superstitieux comme un Romain.

— Pis que ça, dit un autre : comme ma concierge.

— Pas exactement. Vos Romains ou votre concierge croient à des influences divines ou surnaturelles.

— Quelle différence avec tes tapisseries maléfiques, ô poète ?

— Je ne veux pas dire que ces tapisseries ont un pouvoir propre. Elles ne sont que des canevas recouverts de fils de couleur. Personne n'a eu de mauvaise intention envers cette jeune princesse en les suspendant à cet endroit. Comme le disait monsieur, dit le jeune poète en désignant Vermond, on n'a même pas dû les regarder en les accrochant. C'est justement ce hasard qui m'effraie, l'intrusion de cette histoire horrible dans les noces de cette jeune femme. Cela n'aurait pourtant pas été bien compliqué de les retirer et de mettre un vase de fleurs à la place.

On arrivait à la route. Les étudiants allaient vers Strasbourg. Vermond tournait vers Kehl et l'Allemagne. On se salua avant de se quitter.

— J'ai été heureux de faire votre connaissance, monsieur, dit le jeune poète à l'abbé. Vous connaissez Madame la dauphine ?

Vermond fit un petit salut :

— J'ai l'honneur d'être le précepteur de Son Altesse. Je suis l'abbé Vermond.

L'étudiant salua à son tour :

— Je me nomme Johann Goethe[1]. Nous souhaitons le plus grand bonheur à Madame la dauphine. Surtout ne lui dites rien à propos de ces tapisseries.

— Croyez que je m'en garderai bien.

*

Deux heures plus tard, Vermond était de retour à l'abbaye de Schüttern. Il constata avec plaisir que Marie-Antoinette avait le teint rose et qu'elle était moins triste que la veille. Une nuit et une demi-journée de repos avaient suffi à lui rendre sa vivacité.

Vraiment, se dit l'abbé, elle était douée d'une énergie magnifique ! Elle avait déjà réussi à dominer

1. Johann Wolfgang von Goethe, très grand poète et écrivain allemand. En 1770, il avait 21 ans et était étudiant à Strasbourg.

son chagrin et à se tourner vers l'avenir. Quelle importance de vieilles tapisseries et une sombre légende antique pouvaient-elles bien avoir pour une jeune femme aussi ardente et résolument douée pour la vie ? Demain, Marie-Antoinette allait traverser hardiment ce palais de bois, piétinant au passage les fantômes de Médée et de Jason à qui elle n'accorderait pas un regard et dont elle continuerait à ignorer superbement la sinistre existence.

Marie-Antoinette attendait son professeur avec impatience :

— Alors, racontez-moi ! Qu'avez-vous vu ?

— J'ai vu un pavillon construit dans un bosquet, joli comme une maison de conte de fées. Je crois que vous en serez très contente. Ceux qui l'ont imaginé n'auraient pas pu faire mieux s'ils avaient connu tous vos goûts. Et, ce qui est encore plus important, je n'ai rencontré que des gens qui ont le plus grand désir de vous savoir heureuse.

Chapitre 16

DU CANON ET DES CLOCHES

Pendant la nuit du 6 au 7 mai, la pluie s'arrêta. Il y eut même un moment pendant lequel le ciel se couvrit d'étoiles et tout le monde entre Schüttern et Strasbourg se sentit rasséréné. Ah ! l'entrée de Madame la dauphine à Strasbourg allait se faire sous le soleil !... Mais au petit jour des nuages gris arrivèrent en masse de l'ouest et la pluie se remit à tomber par grosses averses.

Marie-Antoinette, vêtue de la robe d'or préparée pour ce jour-là, monta en voiture à dix heures du matin et, suivie des carrosses de sa suite, se mit en chemin vers le pont de Kehl. La pluie n'avait pas découragé la foule. Les gens s'étaient massés au bord de la route. Le carrosse roulait lentement. Marie-Antoinette prenait le temps de répondre aux vœux de bonheur qu'on lui adressait par des sourires et de petits saluts de la tête. Son attitude était un mélange très réussi de dignité aristocratique et de timidité juvénile. Mais où donc avait-elle appris à faire ça ? se demandait Vermond qui observait de loin, avec surprise et admiration, son élève. Pour l'instant elle était parfaite !... Et pourtant il était auprès d'elle quand elle était montée en voiture. Il savait à quel point elle était anxieuse.

Un jour comme celui-ci, il n'était pas question pour Vermond de voyager dans le carrosse de la dauphine. Son statut de lecteur de la princesse l'autorisait à faire partie du cortège mais son absence de naissance le reléguait au dernier rang, ce qui lui convenait d'ailleurs très bien. Placé derrière tout le monde, personne ne le remarquerait et il serait tranquille pour tout regarder.

Pour l'instant, Marie-Antoinette se comportait exactement comme l'attendaient toutes ces personnes réunies sur le bord de la route. Elle était à la fois royale et touchante. La foule était enchantée et les acclamations ne cessaient pas. Comment avait-elle senti toute seule que c'était cette attitude-là qui était la bonne ? C'était une habitude de famille, conclut Vermond, on n'était pas pour rien la fille de Marie-Thérèse et la descendante de tout ce qui avait régné en Europe. Et son charme naturel faisait le reste.

Sur l'île des Épis, le cortège quitta la route et emprunta l'allée sablée toute neuve. Comme l'avait prévu Vermond, on avait étalé des tapis devant le perron pour éviter à Son Altesse de salir ses escarpins.

Marie-Antoinette monta les marches au bras du prince de Starhemberg et pénétra dans la galerie. À l'intérieur du pavillon, de l'autre côté de la ligne de séparation, le prince Louis de Rohan, entouré de toute sa suite, l'attendait.

Les Rohan étaient l'une des plus nobles et des plus anciennes familles de France. Le prince Louis était un grand jeune homme au visage agréable et à la belle voix. Pour Marie-Antoinette, il n'était pas tout à fait un inconnu. Il avait séjourné à Vienne l'année précédente. Il avait sincèrement apprécié le charme et la vivacité de la jeune fille et ne s'en était pas caché. Il accueillit Marie-Antoinette par un regard chaleureux et une expression authentiquement amicale. C'était le premier visage familier qu'Antoinette rencontrait depuis le départ de l'abbaye, et il exprimait l'amitié et la complicité. Il semblait dire : « Vous verrez comme tout ira bien. » Pour la première fois depuis le matin, elle se sentit moins tendue.

Un peu pâle dans sa robe d'or, toute petite au milieu de cette foule de hauts personnages, Marie-Antoinette prit place sur le fauteuil et la cérémonie commença. La première partie, c'était la lecture complète, page après page, du contrat de mariage qui allait unir Louis et Marie-Antoinette. Personne n'écoutait la lecture monotone de ces feuilles rédigées en langage juridique. C'était très ennuyeux ;

on savait que tout cela avait été soupesé, examiné à la loupe et discuté par les ambassadeurs des deux pays ; c'était leur métier ; on leur faisait confiance. Ce qui était intéressant, c'était ce qui se passait dans la salle. On assistait à un événement historique. À l'exception des familles royales et impériales, les personnages les plus considérables des deux pays se trouvaient ici. L'important était de tout regarder, de ranger dans sa mémoire les détails de l'attitude et de la toilette de chacun, afin de pouvoir les décrire dans de longues lettres qu'on enverrait aux simples mortels n'ayant pas eu le privilège d'être invités.

Vermond, au dernier rang, coincé entre le mur et une potiche de porcelaine, allongeait le cou pour apercevoir Marie-Antoinette entre une épaule brodée et une perruque poudrée. Il ne quittait pas son élève du regard. Il vit qu'elle n'écoutait pas un mot du contrat – comme tout le monde – mais qu'elle s'appliquait de tout son cœur à se tenir droite et immobile, le regard devant elle. C'était un conseil que sa mère lui avait donné pendant les dernières semaines passées ensemble à Schönbrunn. « Quand vous vous trouverez dans une assemblée, avait dit Marie-Thérèse, évitez de regarder les gens au visage. Immédiatement, ils vous salueront et vous serez obligée de leur rendre un signe de tête. Et les autres qui n'auront pas été honorés de la même façon se sentiront mortifiés. Vous vous épargnerez cet embarras en ne regardant personne précisément. » Marie-Antoinette, curieuse, sociable et ennemie de l'immobilité, avait trouvé ce conseil presque impossible à suivre. Vermond avait trouvé une solution : « Quand vraiment il le faut, choisissez un objet en face de vous et ne le quittez plus des yeux. » Il suivit le regard de Marie-Antoinette. Elle s'était décidée pour un vase de chine et s'y tenait bravement. Elle tournait le dos à Jason et à Médée et ne les avait donc même pas aperçus. Du reste, personne dans l'assemblée ne semblait se soucier de leur présence et, sans le jeune visiteur allemand du nom de Goethe, nul n'aurait jamais remarqué que la France avait commis la faute de goût d'accueillir Marie-Antoinette avec des images d'épouvante.

La lecture du contrat était terminée. Et voilà ! Il avait suffi de cela. Marie-Antoinette était française.

Les Autrichiens prirent congé de leur princesse. Congé symbolique car ils n'avaient pas l'intention de partir tout de suite. De plus, on venait de convenir que les dames autrichiennes de Marie-Antoinette l'accompagneraient quelques jours encore. Après tout, qu'importait ? Cela faisait plaisir à la dauphine et la mise en route de son nouveau service en serait facilité.

Alors, le long défilé des personnalités françaises commença. « Que de noms ! se disait la jeune fille en adressant à chacun le même salut, j'espère que je ne suis pas censée me souvenir aujourd'hui des noms de tous ces gens car je ne crois pas en avoir retenu un seul. »

On annonça Mme de Noailles, première dame d'honneur de la dauphine. Marie-Antoinette releva vivement le visage. À Vienne, cette fonction était occupée par la chère, la douce *Muti* Brandeiss. D'avoir pensé à *Muti* Brandeiss, Marie-Antoinette ressentit soudain un désir si vif d'être câlinée comme une enfant et d'être déchargée de cette responsabilité d'adulte qui pesait sur elle depuis qu'on avait quitté Schönbrunn que des larmes lui vinrent aux yeux. Elle eut un geste pour se réfugier auprès de cette dame qui venait à elle et qui certainement était bénéfique comme *Muti* Brandeiss. Cette bonne personne allait l'aider, c'était sûr... Par malheur, de son côté, Mme de Noailles ne se doutait de rien de cette sorte. Elle était très occupée à réaliser dans sa perfection une acrobatique révérence de cour. Au moment où elle se relevait, satisfaite de sa prestation, elle fut effarée de voir la dauphine perdre le contrôle d'elle-même, se mettre à pleurer et s'élancer vers elle comme pour se jeter dans ses bras... Ne sachant que faire – rien n'était prévu pour ce genre de situation –, elle se raidit et tendit les bras en avant pour arrêter l'élan de la jeune fille. C'était peu chaleureux, assez brutal même, mais ce fut efficace.

Marie-Antoinette réprima son mouvement. Elle redressa le buste, revint à sa place et, la tête haute, rendit son salut à sa nouvelle dame d'honneur. Mme de Noailles poussa intérieurement un soupir de soulagement : l'étiquette était sauve !...

« Bon Dieu, que cette femme est bête ! » s'emporta silencieusement Vermond, jurant même pour l'occasion, ce qui lui arrivait rarement. Il avait suivi chaque seconde de cette courte scène. Avec l'intuition que donne l'amitié vraie, il avait deviné, presque ressenti, toute la bourrasque de souvenirs, de détresse et de désir de tendresse qui avait bouleversé son élève pendant quelques secondes. Il avait ressenti comme un coup de poing le rigide mouvement de la dame d'honneur. Ces courtisans étaient enfermés dans leur carcan de règles. Cette femme, qui était pourtant sans doute une brave femme, n'avait rien compris. Dans ce comportement surprenant de la jeune princesse étrangère, elle n'avait su voir qu'un manque de tenue, une éducation insuffisante, là où il y avait une souffrance et un appel à l'aide. Avec un peu plus de délicatesse de sentiments et un peu moins de principes, elle aurait pu trouver un geste rassurant pour sa nouvelle jeune maîtresse. Elle n'aurait même pas eu besoin d'en faire beaucoup : prendre gentiment les mains de Marie-Antoinette, un ou deux mots réconfortants auraient suffi... La première dame d'honneur venait, sans même s'en rendre compte, de refuser l'offre d'affection que la dauphine lui proposait le jour même de son arrivée. « Quel gâchis ! » pensa Vermond. Et après avoir été ainsi repoussée, est-ce que Marie-Antoinette se sentirait jamais l'envie de renouveler cette offre ?

Toutefois, la cérémonie se terminait sans anicroche. Personne ne semblait s'être aperçu de l'incident ou du moins chacun faisait comme si. Marie-Antoinette, au bras du prince de Rohan, se dirigea lentement vers la porte française. Les Français sortirent à sa suite. La galerie se dépeupla par les deux extrémités. Vermond suivit le flot autrichien.

Le carrosse de Marie-Antoinette et son cortège maintenant français partirent vers Strasbourg où les attendait une entrée grandiose. Toutes les cloches sonnèrent. Le canon tonna. Les façades des maisons étaient tapissées de fleurs. Des arcs de triomphe de verdure étaient dressés à travers les rues.

Les carrosses autrichiens se remirent eux aussi en route vers Strasbourg mais ils se rendirent par la route la plus directe à l'hôtel de ville où devait se dérouler la deuxième solennité de la journée, la réception de la dauphine par le conseil de la ville.

*

Dans la haute salle de l'hôtel de ville, par égard pour la famille de Marie-Thérèse, le maire commença son discours de bienvenue en allemand. La voix claire de Marie-Antoinette s'éleva aussitôt :

— Ne parlez point allemand, monsieur ! À dater d'aujourd'hui, je n'entends plus que le français.

Un brouhaha de plaisir s'éleva dans l'assemblée. Partout on s'extasia. Vraiment, cette dauphine était parfaite ! Quel charme ! Quel tact ! Quelle spontanéité ! Et avez-vous remarqué comme elle parle admirablement le français ?

En vérité, cette phrase n'avait rien de spontané. Quatre-vingt-dix ans plus tôt, dans cette même salle, Marie-Anne de Bavière, une autre jeune dauphine, la grand-mère de Louis XV, avait prononcé le jour de son arrivée en France des mots presque identiques. Ce qui avait enchanté l'assistance, ce n'était pas tant l'originalité de la phrase que la jolie voix de Marie-Antoinette qu'on entendait pour la première fois.

Vermond, de nouveau debout dans les derniers rangs, se sentit tout remué de bonheur.

« Bravo, Antoinette ! se dit-il profondément ému, tu as été parfaite. »

Pendant les jours précédents, il avait aidé au moins vingt fois la jeune princesse à répéter cette phrase. Il savait à quel point la perspective d'avoir à parler seule et haut devant tout ce public étranger

– pour elle, la France, c'était encore l'étranger – lui faisait peur. C'était sans doute le moment du voyage qu'elle redoutait le plus. Le plus difficile obstacle de son parcours. Les nuits précédentes, elle avait plusieurs fois fait ce cauchemar qu'à l'instant de parler, malgré tous ses efforts, aucun son ne sortait de sa gorge. Vermond savait qu'avant d'ouvrir la bouche, le cœur de Marie-Antoinette avait dû battre au point de lui faire mal. Eh bien, rien dans sa voix ne l'avait laissé deviner ! Elle s'était exprimée avec aisance et naturel, comme si elle avait fait cela toute sa vie. Elle avait survolé le haut obstacle. Allons, l'épreuve de Strasbourg était accomplie. Et Marie-Antoinette s'en était bien sortie. Il fallait maintenant regarder vers Compiègne. C'était là que viendraient l'attendre le roi et le dauphin.

Chapitre 17

Une bonne farce

Le soir, au palais des évêques, malgré les adieux désolés qu'on avait échangés le matin, Marie-Antoinette retrouva ses dames d'honneur autrichiennes. L'autorisation en avait été communiquée avec quelque solennité au prince de Starhemberg : ces dames pourraient à titre exceptionnel accompagner Madame la dauphine pendant quelques jours encore. Quelques jours de sursis, cela paraît soudain beaucoup quand on a cru qu'on se séparait pour toujours. Vermond fut heureux de retrouver sa petite princesse animée et le teint rose.

En voyant entrer son ami l'abbé, Marie-Antoinette sembla renoncer à tout ce qui pouvait lui rester de la gravité qu'elle observait depuis le matin. Elle sauta sur ses pieds et courut à lui avec l'exubérance de son âge. Elle était fatiguée, certes, mais excitée comme une pie. Elle était immensément soulagée d'en avoir terminé avec l'épreuve de Strasbourg.

Elle avait réussi son entrée en France. Les étapes qui arrivaient, Saverne, Nancy... tout cela s'annonçait presque facile en comparaison. Compiègne, c'était encore loin. On y penserait plus tard. À chaque jour ses soucis. Ce soir, il était bien permis de s'égayer un peu.

— Monsieur l'abbé, étiez-vous à l'hôtel de ville ? Où vous trouviez-vous ? je ne vous ai pas vu... M'avez-vous entendue ? Comment ai-je dit ma phrase ?

Les yeux bleu clair de Marie-Antoinette brillaient de fatigue et de plaisir. Son visage, ses yeux, toute son expression demandaient : « Comment m'avez-vous trouvée ? »

Vermond sourit :

— Vous avez été parfaite, Altesse.

— Vraiment ? Cela ne s'est pas trop entendu quand j'ai bégayé ?

— Vous n'avez pas bégayé. Vous vous êtes au contraire exprimée avec la plus grande clarté.

— Si, je suis sûre que j'ai bégayé ! Je le sais bien. J'ai dit « monsieusieur ».

— On ne l'a pas beaucoup entendu, alors.

Elle ajouta d'un ton confidentiel :

— Si vous saviez comme j'ai eu peur au moment de commencer ma phrase ! J'avais comme le bruit d'une cascade dans les oreilles. Je ne m'entendais même pas parler.

— Votre maman va être bien fière quand elle apprendra comme vous avez réussi votre entrée à Strasbourg.

Marie-Antoinette leva vers son compagnon un regard heureux.

— Vous croyez ? demanda-t-elle.

Aucune pensée ne pouvait lui être à cet instant-là plus agréable. La fierté de Marie-Thérèse, c'était la reconnaissance et la récompense de tous ses efforts.

— Oui, Votre Altesse, répondit Vermond, je le crois.

La jeune fille l'entraîna vers une fenêtre et parla plus bas :

— Avez-vous vu cette madame de Noailles, ma première dame d'honneur française ?

— Je l'ai vue, Altesse.

— Avez-vous vu, dans la maison de bois, comme elle m'a repoussée ?

Vermond hésita un très bref instant mais répondit en toute franchise :

— J'ai vu, Altesse.

— N'est-ce pas qu'elle a été désagréable ? Dire qu'il va falloir supporter cette dame prétentieuse auprès de moi pendant tout le reste du voyage...

« Et encore après, à Versailles », songea Vermond, mais il garda cette pensée pour lui. Ce soir, par chance sans doute, Marie-Antoinette ne semblait pas envisager l'avenir au-delà de ce voyage.

— Et savez-vous ? on a permis à mes chères dames autrichiennes de m'accompagner encore pendant une semaine... C'est une gentillesse de mon nouveau grand-père le roi. Il m'a fait dire par M. de Starhemberg qu'il ne voulait pas que je sois triste. N'est-ce pas une grande bonté de sa part ? Mais Mme de Noailles est venue me voir tout à l'heure. Elle veut à toute force commencer son service auprès de moi dès après-demain. Elle ne m'a même pas fait de compliment pour avoir parlé devant tout le monde à l'hôtel de ville. Pas un mot.

Un rapide sourire, espiègle et volontaire, passa soudain sur le visage de Marie-Antoinette. Vermond connaissait bien cette expression qui annonçait une farce imminente. Une vengeance était décidée. Il n'eut que la moitié d'une seconde pour se demander avec inquiétude quelles représailles son élève préparait. Il eut tout de suite la réponse à sa question. Marie-Antoinette se tourna vers ses compagnes autrichiennes et plongea dans une ample révérence de cour dans laquelle elle imitait l'air guindé de la nouvelle première dame d'honneur.

— Madâââme la dauphiiine... dit-elle, la tête penchée, reproduisant les intonations affectées de Mme de Noailles.

Marie-Antoinette avait le don de l'imitation. À Schönbrunn, au temps où les frères et les sœurs habitaient tous ensemble dans l'appartement des enfants, elle faisait rire aux larmes ses frères et sa bien-aimée Marie-Caroline en contrefaisant à leur intention les visiteurs de leur mère. Ce soir, elle avait déjà saisi à merveille le ton cérémonieux de sa nouvelle dame d'honneur. L'imitation était irrésistible. Les dames autrichiennes éclatèrent de rire. Par convenance, elles s'arrêtèrent assez vite et firent de petits « hem ! hem ! » hypocrites derrière leurs mouchoirs comme pour signifier qu'elles n'avaient rien entendu et qu'on ne s'était moqué de personne ce soir dans cette pièce. Toutefois, toutes avaient ri et elles espéraient bien que cela se saurait vite du côté français.

En dépit des révérences et des politesses qu'on avait échangées toute la journée, la rivalité était à son comble entre les délégations autrichienne et française. Chez Marie-Antoinette, on trouvait que les dames envoyées par la cour de France montraient un dédain insupportable. Une sorte de hauteur apitoyée. Elles avaient l'air de considérer qu'il n'y avait qu'en France qu'on savait ce qu'étaient la grâce et la distinction. Qu'est-ce qu'elles croyaient, ces Françaises ? Que leurs homologues autrichiennes, chez elles, lavaient la vaisselle et gardaient les vaches ?... Et cette Mme de Noailles, particulièrement, avait froissé tout le monde lors de sa visite une heure plus tôt. On avait eu l'impression qu'elle venait prendre possession de la nouvelle dauphine comme d'un objet lui appartenant. Elle avait laissé comprendre qu'elle souhaitait soustraire au plus vite la jeune princesse à son entourage fruste et inculte afin de commencer à lui enseigner – enfin ! – les grandes manières versaillaises. Mme de Noailles n'avait pas dissimulé que ces journées supplémentaires accordés à Marie-Antoinette avant de se séparer à jamais de ses amies autrichiennes lui apparaissaient comme une déplorable perte de temps. Enfin !... avait-elle semblé soupirer, c'était une décision du roi, on ne pouvait que s'incliner... La faiblesse de Sa Majesté envers les jeunes femmes n'était du reste plus à démontrer... Toutefois, il était de son devoir, à elle, première dame d'honneur, de ne pas retarder de plus de quarante-huit heures sa prise de service.

Eh bien ! pensaient les Autrichiennes, si les Françaises pouvaient apprendre – et elles ne manqueraient sûrement pas de l'apprendre, les médisances circulent toujours très vite – qu'on s'était moqué d'elles de si bon cœur ce soir chez la dauphine, tant mieux ! Cela leur apprendrait à être moins contentes d'elles.

Vermond, comme tout le monde n'avait, d'abord, pas pu s'empêcher de rire. Marie-Antoinette avait été si drôle, si jolie, si irrésistible... Mais il fut le premier à se reprendre et le seul à saisir le danger de la situation. Comme il l'avait pressenti le matin dans la maison de bois, cette parfaite sotte de première dame d'honneur, en une seule journée, avait déjà efficacement commencé à gâcher sa relation future avec la dauphine. Et Marie-Antoinette – elle venait à l'instant même de le prouver – n'avait pas un caractère à se laisser faire. Il faudrait une personnalité d'une autre envergure que cette Mme de Noailles pour impressionner la fille de Marie-Thérèse. Si la première dame d'honneur l'ennuyait avec excès, Marie-Antoinette l'enverrait paître, il n'y avait aucun doute là-dessus. C'était cette catastrophe, pensa Vermond, qu'il fallait absolument éviter, car Mme de Noailles, dans les mois et même les années qui arrivaient, allait être pour Marie-Antoinette un personnage-clef. Ce serait elle qui l'introduirait à Versailles. Ce serait elle qui lui apprendrait cette cour de France dont elle allait désormais occuper la première place. Tant que Marie-Antoinette n'aurait pas son autonomie et un début d'autorité indépendante, et cela ne viendrait sans doute pas avant plusieurs années, tout ce qui la concernait passerait par Mme de Noailles.

Et puis lui, l'abbé Vermond, maintenant qu'on était en France, allait devoir passer dans l'ombre. Personne dans le nouvel entourage de la dauphine ne serait ravi de le voir arriver. Il lui faudrait désormais tâcher d'exister avec beaucoup de discrétion. Il n'était même pas sûr qu'Antoinette et lui aient la possibilité de se parler seule à seul chaque jour.

Avant tout, il fallait éviter une brouille sérieuse entre Marie-Antoinette et Mme de Noailles. L'urgence, c'était de raccommoder la jeune fille et la dame d'honneur avant que leur relation ne soit définitivement délabrée. Marie-Antoinette comme un vaillant petit cuirassier était déjà partie à la charge. Il fallait tout de suite, dès ce soir, après il serait peut-être trop tard, la convaincre de cesser les hostilités.

Vermond entraîna la jeune fille vers la fenêtre.

— Antoinette, dit-il à mi-voix, ne faites jamais cela !... Vous rendez-vous compte ? Si Mme de Noailles apprend que vous vous êtes moquée d'elle devant vos dames, elle va en être mortifiée au plus haut point. Et il y a toutes les chances qu'elle l'apprenne. Elle le sait peut-être déjà.

Marie-Antoinette riait encore de bon cœur de sa farce.

— Eh bien, qu'elle soit mortifiée ! tant pis pour elle... C'est elle qui a commencé. Elle n'avait qu'à ne pas se montrer si méchante avec moi tout à l'heure.

— Votre Altesse !... Pas un instant cette dame n'a eu l'intention d'être méchante avec vous. Elle a été surprise, elle s'est montrée maladroite, c'est tout. Ce n'est pas vous, gentille comme vous l'êtes, qui allez en vouloir à quelqu'un pour une maladresse.

— Elle n'a pas été maladroite, elle m'a poussée tout à fait avec intention.

— Elle ne vous a pas « poussée »... On croirait que vous avez cinq ans et que vous vous plaignez d'une petite camarade de jeu ! Vous êtes la dauphine et Mme de Noailles est votre première dame d'honneur. Elle ne savait que faire, elle a réagi comme elle pouvait. Tous les grands noms de France et d'Autriche vous regardaient. Elle a fait ce qu'elle a pu pour que la cérémonie se déroule selon les règles. Son geste n'était pas très amical mais vous ne lui avez pas laissé le temps d'en trouver un autre.

— Pas très amical, c'est le moins qu'on puisse dire, s'obstina Marie-Antoinette, butée.

— Altesse, je connais Mme de Noailles...

C'était archi-faux. Vermond connaissait le nom de Noailles comme tout le monde en France parce que c'était l'une des plus anciennes et des plus riches familles françaises mais, jusqu'à ce jour, il ne s'était jamais soucié d'en savoir plus sur Mme de Noailles, ni sur aucun membre de sa parenté, d'ailleurs. Il l'aurait fait s'il avait su que cette dame allait être son associée dans le rôle de mentor de Marie-Antoinette, elle comme guide officiel, lui comme conseiller secret ; mais, cela, il venait seulement de le découvrir. Alors, ce soir, compte tenu de l'urgence de la situation, il s'autorisait ce mensonge.

Maintenant, il restait à trouver rapidement conmment présenter sa première dame d'honneur à Marie-Antoinette sous un jour favorable.

— Vous connaissez Mme de Noailles ? demanda Marie-Antoinette, étonnée.

Il n'y avait aucune trace d'incrédulité dans la voix de la jeune fille. Seulement de la curiosité. Et de l'amusement devant une telle coïncidence. Il y aurait pourtant eu de quoi s'étonner. Il y avait vraiment très peu de raisons pouvant expliquer qu'une grande dame de la cour connût le bibliothécaire du collège des Quatre-Nations mais Marie-Antoinette, élevée dans son ermitage de Schönbrunn, était peu au courant des cloisonnements de la société.

— Je ne connais pas personnellement Mme de Noailles, Altesse, bien entendu ; mais elle est une amie de mon supérieur, l'évêque d'Orléans. Il m'a parfois parlé d'elle.

Ce mensonge fait à Marie-Antoinette mettait Vermond particulièrement mal à l'aise. Il lui était très pénible de tromper son élève. Par décence, il avait parfois adouci pour elle la description des habitudes de Louis XV et de Mme du Barry, mais il ne lui avait jamais dit blanc quand il savait que la vérité était noire.

Il avait aussi eu le réflexe de mettre en avant l'évêque d'Orléans. Habile réflexe. Si l'on avait besoin de sa caution, Monseigneur ne démentirait pas l'abbé.

Vermond avait changé pendant ces années passées à Schönbrunn. Il s'en rendait compte à présent. En vivant au jour le jour auprès de Marie-Thérèse, de Joseph II, des chanceliers et des diplomates de métier, il s'était peu à peu habitué aux instructions données à demi-mot, aux vérités partielles, aux expressions à double sens, aux arrière-pensées, au cynisme. Et voilà qu'il venait d'agir comme ces gens-là, et avec une certaine adresse, encore.

De toute façon, songea-t-il avec amertume, désormais, en France, il ne pourrait plus dans sa relation avec Marie-Antoinette respecter la parfaite franchise qu'il avait toujours observée envers elle. N'était-il pas dorénavant le mouchard de Marie-Thérèse ? Mouchard se réservant la liberté de choisir les informations qu'il transmettrait à l'impératrice, certes, mais mouchard quand même... Mouchard dont l'unique mobile était le bien de Marie-Antoinette, certes encore, mais pas moins mouchard pour cela... Agir pour le bien de Marie-Antoinette !... Quelle détestable excuse ! Cette formulation hypocrite pouvait servir de justification à tous les abus d'autorité et à toutes les trahisons. Et pourtant, c'était bien la vérité. C'était, en toute sincérité et en toute conscience, pour le bien de Marie-Antoinette qu'il s'apprêtait à trahir sa confiance.

Marie-Antoinette insistait, curieuse.

— Vraiment ? interrogeait-elle, que savez-vous à propos de Mme de Noailles ?

Vermond sortit de ses pensées et revint rapidement à la question qui primait tout pour l'instant :

— Je sais que c'est une personne excellente, Altesse. Je sais qu'elle a un très bon cœur. Et pour cette raison, je pense que vous devriez, elle et vous, très bien vous entendre.

— Si elle est bonne personne, pourquoi s'est-elle montrée si désagréable ?

— Aujourd'hui est une journée spéciale, Altesse. Rappelez-vous comme vous étiez anxieuse ce matin en quittant Schüttern. Essayez d'imaginer qu'elle l'était peut-être autant. Elle a sûrement un très grand désir de bien faire, de vous être réellement utile et de gagner votre affection.

— C'est mal parti, observa Marie-Antoinette.

— Altesse, vous vous comportez comme une écolière qui n'aime pas sa gouvernante et qui désire qu'elle n'ait aucun doute là-dessus. À Schönbrunn, vous pouviez vous conduire comme ça. Cela n'avait aucune conséquence, c'était la vie privée de votre famille, rien ne se savait à l'extérieur. Maintenant, en France, vous ne le pouvez plus. Et particulièrement pendant ces jours de voyage où tout le monde vous regarde et vous découvre. Je sais à quel point vous trouvez ça contraignant mais cela n'a rien que de très normal : vous êtes la nouvelle dauphine, vous arrivez, tous vos nouveaux sujets ont le désir de vous connaître.

— C'est pire que contraignant, c'est pénible.

— Je le sais, Altesse. Je vous assure que je le sais et que je vois tous les efforts que vous faites. Ce n'est qu'un moment à passer, le voyage rend les choses spécialement difficiles. Vous serez plus tranquille à Versailles. Vous retrouverez une vie normale et des journées bien à vous... Mais je voudrais vous parler encore de Mme de Noailles...

— Ça tombe bien, elle commençait à me manquer.

Vermond était décidé à avoir ce soir-là une patience digne de tous les anges. Il savait comme Antoinette était fatiguée par ce voyage et comme cette fatigue pouvait générer des dégâts qui seraient ensuite difficiles à réparer.

— Altesse, dit-il avec beaucoup de douceur, vous ne vous rendez pas compte de la puissance que vont avoir ici vos moqueries. À Vienne, elles n'avaient pas d'autre effet que de faire rire vos frères. Aujourd'hui, du fait de votre nouveau rang, sans que vous le vouliez, elles peuvent faire un mal terrible à la personne dont vous vous amusez. Et puis, vous ne pouvez plus préférer ouvertement une partie de votre entourage aux dépens d'une autre. Aujourd'hui, vous avez auprès de vous vos dames autrichiennes et vos dames françaises...

Pour la première fois, Vermond se demanda si la règle qu'il avait tant fustigée, celle qui obligeait tout l'entourage autrichien de Marie-Antoinette à faire demi-tour, était si injustifiée que cela. La cour de France savait peut-être ce qu'elle faisait. Deux maisons concurrentes autour de la dauphine, c'était à coup sûr une source de tensions et de conflits.

Il poursuivit :

— À Versailles, les dames autrichiennes ne seront plus là mais inévitablement il se formera d'autres rivalités autour de vous. Je ne sais pas lesquelles mais nous pouvons tout imaginer : les jeunes contre les vieilles, la haute noblesse contre la petite...

Marie-Antoinette leva sur son ami l'abbé un regard grave et plein de douceur.

— Je sais cela, monsieur l'abbé ; Maman me l'a dit avant que je ne parte. Une reine doit être juste et impartiale. Je ne dois jamais avoir l'air de favoriser certaines personnes, ou au contraire d'en dénigrer d'autres. Je vous assure que j'observerai cette règle mais, aujourd'hui, il ne me reste plus que quelques jours pendant lesquels il m'est permis de me sentir encore complètement autrichienne. Laissez-moi me faire cajoler par mes amies de Vienne pendant ces dernières journées. Après, je sais bien que cela sera fini pour toujours.

Elle ajouta avec un brin de malice :

— Tenez, demain, pour vous faire plaisir, je serai très gentille avec votre Mme de Noailles...

Vermond ne put s'empêcher de sourire. Encore une fois, Marie-Antoinette l'avait désarmé par la justesse et la maturité de sa pensée.

— Ce n'est pas « ma » Mme de Noailles, Altesse ; c'est plutôt la vôtre. Mais je crois qu'elle sera profondément touchée si vous avez quelques paroles aimables pour elle demain. Et, savez-vous, Altesse ? Je crois que vous n'avez aucun besoin de moi ; ni de personne, d'ailleurs. Vous comprenez les situations avec plus d'intelligence que n'importe qui. Je pense qu'en arrivant à Paris, vous pourrez me renvoyer à ma bibliothèque.

— Surtout pas ! dit Antoinette en riant, qui corrigerait mes fautes d'orthographe ? J'ai écrit tout à l'heure à ma Mimi[1]. Voilà le brouillon. Voudriez-vous avoir la gentillesse de corriger mes fautes ?

Vermond prit la lettre. Elle contenait en effet un assez grand nombre de fautes d'orthographe qu'il indiqua au crayon noir, mais les dernières phrases de cette lettre lui firent plaisir.

Ma chère Christine, la seule à qui j'ose parler à cœur ouvert, je suis arrivée à Strasbourg aussi

1. Mimi est Marie-Christine, une des sœurs aînées de Marie-Antoinette, alors âgée de 28 ans et mariée au duc de Saxe-Taschen.

navrée que la dernière fois que je vous ai écrit... Les grandes scènes ont commencé au Rhin, on m'a conduite dans une île où j'aurais été bien heureuse d'être un peu seule, comme Robinson, pour me recueillir... On m'a comme emportée dans une maisonnette dont un côté était censé être l'Allemagne, l'autre la France... On m'a présentée à ma maison française, et j'ai quitté mon île pour entrer dans Strasbourg. Du canon, des cloches, plus de bruit que n'en mérite votre petite sœur... Je m'en suis tirée en dauphine un peu novice mais cela n'a pas mal fait...

Dans ces derniers mots, il lui sembla qu'Antoinette exprimait qu'elle se sentait réellement fière et heureuse de son entrée en France. Et c'était une bonne chose qu'elle eût éprouvé le besoin de le raconter le jour-même à sa sœur de Saxe-Taschen, celle dont elle était la plus proche après Marie-Caroline. Oui, vraiment, c'était bien. C'était très encourageant.

Il lui rendit la feuille corrigée.

— Voilà, Votre Altesse. Voulez-vous la recopier dès ce soir ?

— Ah, non ! demain suffira.

Vermond sourit encore. Antoinette, décidément, avait toujours aussi peu de goût pour les pages d'écriture.

Chapitre 18

En passant par la Lorraine

Le cortège de carrosses roulait maintenant à travers la campagne française. Marie-Antoinette s'y trouvait assise en face de Mme de Noailles. Depuis Strasbourg et sa conversation du soir avec l'abbé Vermond, elle avait fait de louables efforts pour vivre en bons termes avec sa première dame d'honneur.

Le soir où Marie-Antoinette avait fait pâmer de rire ses dames autrichiennes aux dépens de Mme de Noailles, celle-ci, cela va sans dire, n'avait pas manqué d'en être avertie dix minutes plus tard par des âmes charitables. La bonne dame avait failli se trouver mal et n'avait pas dormi de la nuit. Elle avait occupé les premières heures de son insomnie à fulminer contre cette effrontée gamine sans éducation, puis elle avait mentalement rédigé la furibonde lettre de démission qu'elle enverrait dès l'aube au roi. Mais aux premières lumières du jour, la fatigue et le besoin de sommeil la ramenèrent à des projets plus pacifiques : elle se présenterait à dix heures comme prévu chez la dauphine mais elle marquerait son mécontentement par une froideur extrême. Ah, mais !

Le lendemain matin, à dix heures sonnantes, Mme de Noailles entra chez la dauphine. Son maintien était un chef-d'œuvre de raideur et son visage exprimait toute la réprobation du monde. Mais Marie-Antoinette ne vit pas cela ; elle remarqua le teint pâle, les yeux cernés, le visage fatigué et l'air profondément malheureux de la dame d'honneur ; elle s'en voulut d'avoir suscité un tel chagrin par une plaisanterie qu'elle avait pourtant crue sans méchanceté. « Quelle idée, se dit Antoinette, de se mettre dans un état pareil pour si peu de chose !... À Shönbrunn, j'ai joué cent fois à imiter mes dames, elles étaient les premières à en rire... » Les paroles de l'abbé Vermond, la veille au soir, lui revinrent en mémoire : « Vous ne vous rendez pas compte de la puissance que vont avoir ici vos moqueries. » Elle résolut de réparer sa faute et de consoler cette malheureuse, puisque la pauvre prenait les choses tellement à cœur.

Mme de Noailles s'apprêtait à plonger en avant pour exécuter sa révérence. Elle voulait que cette révérence soit un modèle de dignité et qu'elle signifie : « Je vous salue selon les règles parce que, moi, je respecte la bienséance et l'étiquette, mais je n'en pense pas moins. » Elle n'eut même pas le temps de commencer. Marie-Antoinette, contre toute étiquette justement, avait salué la première et demandé avec un charmant sourire :

— Bonjour, madame de Noailles !... Avez-vous passé une bonne nuit ? Je suis heureuse de vous voir, je vous attendais. Savez-vous à quelle heure nous repartons ?

La brave dame s'était préparée à tout, même à affronter une nouvelle impertinence ; et elle avait d'avance résolu d'opposer une dignité de Romaine à toute nouvelle avanie. Mais devant ce subit assaut d'amitié, elle manqua tomber assise par terre de stupéfaction. Et dès l'instant qui suivit, elle se sentit soulagée d'un poids énorme. À la cour, un pareil accueil valait les excuses les plus complètes. L'humiliation de la veille était désormais complètement effacée. Allons, cette jeune dauphine avait décidément un bon fond ! un très bon fond ! elle était un peu espiègle mais c'était une très charmante jeune fille...

Le visage de la première dame d'honneur qui en entrant exprimait le blâme et l'anxiété ne fut plus soudain qu'indulgence et mansuétude. Sa rigide révérence se transforma en une courbette tout en rondeurs. Sans même s'en rendre compte, Mme de Noailles venait de tomber victime du charme de Marie-Antoinette.

— Je souhaite une bonne journée à Votre Altesse, répondit-elle. J'ai passé une nuit excellente et je remercie Votre Altesse de s'en soucier. Si cela convient à Votre Altesse, nous partirons pour Saverne à onze heures.

Vermond, qui se trouvait dans la pièce, applaudit silencieusement son élève qui avait tenu plus qu'elle avait promis la veille au soir. Mme de Noailles, comme une gentille grosse mouche dépourvue de méfiance, venait de se laisser attraper le plus facilement du monde avec une petite cuillerée de miel. Allons !... On pouvait se remettre en route sans trop d'inquiétude. Marie-Antoinette avait mis Mme de Noailles, en tout cas pour un temps, dans sa poche.

*

Sous un soleil déjà chaud, on traversa joyeusement la Lorraine. Mme de Noailles s'était établie à demeure dans le carrosse de Marie-Antoinette et son bavardage n'était pas désagréable. Marie-Antoinette, pour ne pas avoir à assumer seule la conversation de cette volubile personne, demandait chaque jour à deux ou trois de ses nouvelles dames françaises, ainsi qu'à l'abbé Vermond, de se joindre à elles. On était plus serrés dans la voiture que lorsqu'on roulait du côté allemand mais on s'amusait bien plus. Le carrosse roulait grand train en faisant voler la poussière. Les Françaises étaient rieuses et gourmandes. Elles avaient dans leurs nécessaires une quantité incroyable de bonbons, et d'une variété fabuleuse. (À Schönbrunn, les bonbons étaient rares car interdits par Marie-Thérèse ; Marie-Antoinette et ses frères et sœurs n'avaient jamais connu que de très ordinaires sucres d'orge introduits en quasi-contrebande.) Pour s'occuper pendant la route, on chantait des chansons, on jouait aux charades et aux bouts-rimés.

Les Autrichiennes étaient de bonnes et anciennes amies que Marie-Antoinette connaissait pour la plupart depuis sa naissance, mais l'atmosphère avec elles dans le carrosse était endeuillée par la certitude de la séparation prochaine. Rien n'attristait les Françaises. Bien au contraire. Ce voyage était une fête. Le temps était superbe. Elles ramenaient la nouvelle dauphine comme en triomphe. Et elles avaient la chance merveilleuse de se trouver auprès d'elle dans ce merveilleux carrosse. Tout était merveilleux.

Il se trouvait que l'âme de Marie-Antoinette était à ce moment-là disposée à ce changement de façon de voir les choses. Marie-Antoinette en avait assez de cette mélancolie qui pesait sur elle depuis des mois. Ce n'était pas qu'elle ne regrettait pas sincèrement les siens, bien au contraire, mais la mélancolie n'était pas dans sa nature. Ce n'était pas elle qui avait voulu cette séparation mais, puisqu'elle n'avait pas le choix, à quoi cela servait-il de se ronger de chagrin ?

Au diable la morosité ! semblaient dire ses nouvelles compagnes de voyage.

Au diable la morosité !... C'était exactement le conseil que Marie-Antoinette avait envie d'entendre.

Pendant la partie allemande du voyage, les accompagnateurs autrichiens de Marie-Antoinette n'avaient cessé de lui présenter l'étape de Strasbourg comme un plongeon en terre inconnue. Le début de l'exil. Marie-Antoinette à Strasbourg, c'était Psyché[1] au mont Ida, laissant à jamais parents et amis et disparaissant dans la brume. Ils n'avaient pas le désir délibéré d'effrayer leur jeune princesse c'était réellement comme ça qu'ils ressentaient les choses. Eux, après Strasbourg, ils allaient rentrer à Vienne et retrouver leurs habitudes, leur confort, leur musique et leurs pâtisseries ; mais, elle, la pauvre petite, allait continuer seule sa route en s'enfonçant dans ce pays étranger. Rien d'étonnant que Marie-Antoinette fût arrivée presque paniquée au bord du Rhin. Et pourtant, songeait Antoinette, Strasbourg n'avait pas été si difficile que cela...

1. Dans la mythologie grecque, la déesse Vénus, jalouse de la beauté de Psyché, condamne celle-ci à quitter les siens. Psyché part seule dans les brumes du mont Ida.

Les Françaises avaient une façon toute différente d'envisager la rencontre de Compiègne. Tout était très simple. Le roi était l'homme le plus séduisant du royaume. Il avait qualifié les portraits de Marie-Antoinette qu'on lui avait envoyés de « charmants ». Le dauphin était déjà « amoureux fou » de sa jeune épouse. (Ce langage libre et presque osé était une nouveauté pour Marie-Antoinette ; à Vienne, sa mère n'aurait rien toléré de cette sorte ; en entendant cette expression, Mme de Noailles s'était contentée d'un froncement de sourcils dépourvu de toute autorité.) Le dauphin était si impatient de voir arriver Marie-Antoinette qu'il suivait jour par jour son voyage sur une carte de géographie ; il plantait des épingles à tête de couleur indiquant sa progression ; n'était-ce pas galant ?... Et la fête de Compiègne serait splendide et follement romanesque !

Vermond, pendant ces joyeuses journées eut tout son temps pour observer Mme de Noailles, sa nouvelle associée dans la direction de Marie-Antoinette.

Mme de Noailles connaissait sur le bout des doigts toutes les règles qui composaient l'étiquette de la cour de France. Quand une décision à prendre se présentait, elle cherchait quel usage était concerné et elle appliquait la règle correspondante sans se poser davantage de question. « La vie doit être simple, songeait Vermond, quand on la limite à une centaine de maximes qu'on applique en toute confiance. Pas d'hésitations, pas de choix douloureux, pas de scrupules et pas de cas de conscience. » Il lui parut aussi que Mme de Noailles était une bonne personne. Elle paraissait ne faire partie d'aucun clan à la cour de Versailles. Elle semblait loyale et prête à se dévouer corps et âme à sa jeune dauphine. Son clan, c'était celui de Marie-Antoinette.

« Elles devraient à peu près s'entendre, se dit Vermond en conclusion de ce travail d'observation. Mais Antoinette lui accordera-t-elle réellement sa confiance ? Là est la question. Entre sa mère et son frère Joseph, elle n'a jamais connu que des adultes de grand talent. Elle ne pourra pas ne pas faire la différence. »

En effet, Marie-Antoinette s'étonna vite de certaines remarques de sa première dame d'honneur qui lui parurent curieusement plates. Elle remarqua aussi qu'on n'avait pas beaucoup de surprises dans la conversation de Mme de Noailles ; souvent, quand elle commençait une phrase, à partir du troisième mot, on pouvait deviner tout ce qui allait suivre. En outre, elle prenait parfois pour s'adresser à Marie-Antoinette un ton affecté, que celle-ci jugeait bêtifiant. Il lui semblait que ce ton signifiait : « Vous et moi, nous savons déjà tout cela ; toutes les deux, nous sommes très au-dessus de ces gens qui sont autour de nous. » Jamais personne à Schönbrunn ne lui avait parlé d'une façon autre que naturelle.

Marie-Antoinette écoutait, découvrait, et pour l'instant, même à son ami l'abbé, ne communiquait rien de ses impressions. Mais une ou deux fois, alors que Mme de Noailles énonçait un lieu commun trop énorme, Vermond vit passer dans les yeux de la jeune fille un bref éclair étonné.

Marie-Antoinette découvrait aussi son nouveau pouvoir sur les gens. Et il était immense. Elle apercevait, presque avec stupéfaction, l'extrême dépendance morale des courtisans français.

Cent ans plus tôt, Louis XIV les avait dressés ainsi. Un simple regard un peu froid, un froncement de l'auguste sourcil, une parole dédaigneuse suffisaient à enfoncer le malheureux responsable du mécontentement royal dans la plus noire dépression. La pire sanction qui pouvait frapper un courtisan était le renvoi dans ses terres, loin de Versailles, loin du regard royal. C'était une mort sociale. On n'existait plus. Certains exilés à l'âme fragile en mouraient de chagrin, c'est-à-dire qu'ils tombaient malades et mouraient réellement.

Louis XV, pourtant si différent de son aïeul, silencieux, timide et ennemi de la foule, avait conservé presque intact ce pouvoir. Et Marie-Antoinette, la dernière arrivée dans la famille, sentait intuitivement qu'elle en était investie à son tour. Elle en avait d'ailleurs eu un aperçu dès son premier jour en France en voyant dans quel abîme de chagrin elle avait plongé Mme de Noailles par une simple plaisanterie.

Pour Marie-Antoinette, c'était vraiment très très étonnant. Les choses n'étaient pas du tout ainsi à Vienne. Même le plus plat courtisan conservait son indépendance d'esprit. L'impératrice n'aurait pas pu imposer à sa noblesse une mesure s'apparentant à un caprice ou une lubie. Marie-Antoinette en avait eu la démonstration il n'y avait pas si longtemps lorsque une bataille avait opposé sa mère aux dames autrichiennes.

Après la mort de son cher époux, alors que le temps du deuil officiel était passé, Marie-Thérèse avait prétendu ne plus vouloir admettre à sa cour que des femmes vêtues de noir et ne portant aucun maquillage. Les dames autrichiennes avaient, si l'on peut dire, envoyé promener leur impératrice. « Notre visage nous appartient, et pas au gouvernement », avaient-elles répondu. Punir les récalcitrantes en les envoyant en exil ? Il n'aurait pas fallu y songer ! Ce seraient plutôt elles qui auraient quitté la cour ; et en claquant la porte, encore. Ensuite, elles se seraient bien gardées de mourir de chagrin ; au contraire elles se seraient très bien portées de leur révolte. Marie-Thérèse avait dû renoncer à son oukase.

À Schönbrunn, Marie-Antoinette ou l'un de ses frères et sœurs ne pouvaient pas se plaindre d'un précepteur ou d'une gouvernante sans une bonne raison, dûment argumentée ; et si l'enfant avait tort, on lui donnait tort. Le programme d'éducation de Marie-Thérèse était clair sur ce sujet. Dans ce carrosse, Marie-Antoinette comprit vite qu'une parole un peu maladroite adressée à l'une de ses dames françaises, une plaisanterie, quelques mots qui pouvaient être compris comme une minuscule remarque ou une infime critique de sa part, transformaient pour quelques heures une personne gaie et spirituelle en loque navrée et anxieuse. La malheureuse avait peut-être *déplu* à la dauphine. *Déplaire* à un membre de la famille royale, c'était le cauchemar du courtisan français.

Marie-Antoinette n'était qu'une enfant étrangère, dépaysée, ignorante de Versailles, ne possédant pas la plus petite parcelle d'autorité. Mais elle était la dauphine. Un jour, elle serait la reine, une puissance immense. Pour ces dames, progresser dans la course aux honneurs, s'élever dans la hiérarchie de la cour, constituait un travail de long terme. On ne commençait jamais assez tôt, on ne ménageait jamais assez la chèvre et le chou, et toute inattention, toute erreur, toute maladresse, pouvait ruiner irrémédiablement une carrière.

Marie-Antoinette, comme l'enfant qu'elle était encore par de nombreux côtés, aimait rire et dire des sottises sans conséquence. Elle fut effrayée par cette importance déraisonnable qu'on donnait ici à la moindre de ses paroles.

« Vous ne vous rendez pas compte de la puissance que vont avoir ici vos moqueries », avait dit l'abbé Vermond. Elle commençait à s'en rendre compte. Par prudence, elle renonça aux paroles en l'air, elle parla un peu moins, et en tout cas moins vite.

« Elle apprend rapidement son métier, pensa Vermond qui, assis sur la banquette en face, suivait ce qui se passait dans l'esprit de son élève ; cela, au moins, sera une chose que j'aurai plaisir à faire savoir à sa mère. »

Et pour la première fois, il lui vint à l'esprit que ces courriers promis à Marie-Thérèse ne seraient peut-être pas seulement le méprisable cafardage qu'il avait d'abord cru. Il allait parler de Marie-Antoinette, la personne pour qui il éprouvait la plus grande affection de sa vie, à sa mère, la personne qui l'aimait le plus au monde. Toute cette affection, aux deux extrémités de cette correspondance clandestine, excuserait peut-être le procédé. Allons, trahir n'était peut-être pas complètement le contraire de servir.

Chapitre 19

En passant par la Champagne

On avait traversé la Lorraine, vu Lunéville et Nancy, le cortège roulait maintenant à travers les collines de Champagne. Mme de Noailles avait commencé une série de leçons dont le but était de faire connaître la cour de France à la nouvelle dauphine. C'était une louable idée mais le voyage en carrosse obligeait la première dame d'honneur à parler en public – les autres voyageuses et l'abbé Vermond – et donc à se limiter à un exposé d'une extrême prudence.

Avant tout, bien entendu, elle parla du roi. Il n'y avait rien à dire du roi sinon qu'il était le meilleur homme du monde et qu'il attendait sa nouvelle petite-fille avec la plus grande bienveillance.

« Soit, convint silencieusement Vermond qui écoutait ces leçons avec une attention six fois supérieure à celle de ses compagnes de voyage ; nous sommes d'accord ; dans ce carrosse, devant témoins, elle ne peut rien dire de plus. »

Ensuite, Mme de Noailles passa au dauphin. C'était un garçon agréable, instruit, grand et bien fait de sa personne, un peu timide et silencieux, certes, mais cela passerait. Puis elle enchaîna sur les jeunes frères du dauphin : Monseigneur le comte de Provence, aimable et plein d'esprit, et Monseigneur le comte d'Artois, un enfant terrible celui-là, mais d'un charme fou. Puis elle cita les deux petites sœurs, Marie-Clotilde et Élisabeth, des enfants délicieuses.

Marie-Antoinette avait peine à imaginer le dauphin. Le dauphin était une abstraction. Elle ne parvenait pas à se le représenter comme un garçon fait de muscles et d'os, possédant des goûts particuliers, une sensibilité et des sentiments.

Le dauphin, c'était le mari que le sort et leur commune situation d'enfants royaux avaient désigné pour elle. « Le mari ». Ce mot évoquait un monde d'adultes, une famille, des responsabilités, toutes choses qui pouvaient convenir à sa mère ou à ses sœurs aînées, mais pas du tout à elle, Marie-Antoinette de Lorraine-Habsbourg, qui se sentait appartenir encore intégralement à la partie de l'humanité constituant le monde des enfants. Elle avait donc tendance, naturellement, à écarter de son esprit ce mari trop tôt venu dans sa vie.

En Autriche, on lui avait laissé entendre que le dauphin ne brillait pas par son génie et qu'elle serait sans se donner de peine la plus maligne des deux. Elle avait retenu cette information mais n'y avait pas attaché beaucoup d'importance. Est-ce qu'on se soucie de l'intelligence d'une abstraction ? On lui avait aussi montré un portrait du dauphin. C'était un garçon extraordinairement ordinaire, blond et placide, aux yeux très clairs. En aucune façon laid, mais semblable à la plupart des adolescents qu'on pouvait apercevoir à Vienne. Elle n'avait eu aucune surprise. Rien dans ce portrait n'avait éveillé sa curiosité.

En revanche, elle se représentait très bien les jeunes frères. Les frères, elle connaissait. Elle avait passé chaque journée de Schönbrunn dans la compagnie de ses frères Ferdinand et Maximilien. Bien sûr, des frères, ce n'étaient que des garçons. De joyeux compagnons mais pas assez fins pour partager de véritables confidences, dont seule une sœur comme Marie-Caroline était digne. En revanche, les frères étaient des complices inégalables pour les farces, les fous rires, les courses et les jeux. Et pour ce qui était d'envoyer au diable les contraintes ou de répondre aux gronderies des gouvernantes, ils ne craignaient personne.

Pour Marie-Antoinette, la perspective de trouver deux nouveaux frères au bout de ce voyage, deux garçons du même âge qu'elle, était l'élément qui la rassurait le plus pendant ces journées où l'on se rapprochait de Compiègne. Ses beaux-frères Provence et Artois (en France, on avait la curieuse manie d'appeler les princes du sang du nom d'une province), c'était quelque chose de sa vie d'autrefois qu'elle allait retrouver dans sa nouvelle famille. Quelque chose de stable au milieu de tant de bouleversements.

Puis Mme de Noailles attaqua le chapitre consacré à *Mesdames*. Les quatre *Mesdames*, les nouvelles tantes de Marie-Antoinette. Vraiment, *Mesdames* étaient parées de toutes les vertus et de tous les talents. Madame Adélaïde et sa belle personnalité (fallait-il comprendre, se demanda Vermond : « Madame Adélaïde et son caractère impérieux ?... ») ; Madame Victoire et sa bonté ; Madame Sophie et sa douceur ; Madame Louise dont la piété était si grande qu'elle venait d'obtenir de son père de se faire religieuse. Toutefois, durant cette litanie de qualités, Vermond remarqua que le timbre de la voix de Mme de Noailles changeait. La tonalité était plus haut perchée. Le nez de la dame d'honneur s'était pincé. Son visage se faisait plus raide. « Tiens donc, se dit-il, elle n'aime pas *Mesdames*. »

Mais là où Vermond attendait Mme de Noailles, c'était sur le chapitre Du Barry, qu'elle gardait sans doute pour la fin. Comment la digne dame allait-elle s'y prendre pour aborder cette question ? Lui qui avait tant peiné, seul et sans directive, pour présenter la situation à Marie-Antoinette de la façon la moins choquante possible, il était curieux de voir comment Mme de Noailles allait s'en sortir. Du reste, avec un peu de recul, il trouvait que Marie-Thérèse et Joseph II ne l'avaient pas beaucoup aidé sur ce point. Ils avaient toujours évité le sujet et lui avaient laissé en endosser seul la responsabilité. Et enfin ils avaient laissé partir Marie-Antoinette sans lui dire ce que tout le monde savait, c'est-à-dire que son nouveau grand-père le roi de France vivait sans s'en cacher avec une femme légère.

Eh bien, l'abbé Vermond attendit pour rien car Mme de Noailles ne prononça pas une fois le nom de Mme du Barry. Elle n'effleura pas le sujet. Et Marie-Antoinette ne posa aucune question. Sans doute d'ailleurs avait-elle oublié cette histoire un peu confuse qu'on lui avait racontée avant son départ, à propos de cette curieuse comtesse qui avait le talent de divertir le roi.

En clair, la question que Vermond se posait était : « Mme du Barry participera-t-elle de manière officielle au mariage du dauphin ? »

Il avait espéré que les conférences de Mme de Noailles lui apporteraient quelques éléments d'information mais il n'en fut rien. Il n'apprit rien non plus des autres participants au cortège. Pas une fois, à partir de Strasbourg, Vermond n'entendit prononcer le nom de Mme du Barry.

Comme Vermond l'avait pressenti, les membres du nouvel entourage de Marie-Antoinette ne le voyaient pas arriver d'un très bon œil. Cet abbé, soi-disant lecteur, c'était un concurrent supplémentaire dans la maison de la dauphine ; et un concurrent qui avait bénéficié de deux années de plus que tous les autres, et d'un poste idéal, pour capter la confiance de la princesse. On ne le rejetait pas ouvertement mais on gardait ses distances. Il n'avait pu échanger avec ses nouveaux compagnons de voyage que des considérations sur la pluie, le beau temps et l'état de la route.

Il ne restait qu'à prendre patience, à attendre et voir venir. À Paris, pensait Vermond, l'évêque d'Orléans ne ferait pas tant de cachotteries.

En vérité, il n'y avait pas de cachotteries. Si tout le monde se taisait, c'est que personne ne savait rien. La question que se posait Vermond, toute la cour se la posait. Mais on la formulait un peu différemment. On se demandait : « Le roi va-t-il profiter des noces de son petit-fils pour imposer sa maîtresse à sa famille ? »

Mme de Noailles s'était donné beaucoup de peine pour peindre à l'intention de la dauphine un portrait engageant de sa nouvelle famille. Une famille à la composition un peu spéciale, certes, les décès et les célibats ayant laissé des cases vides. Si l'on récapitulait, il restait le grand-père, quatre tantes vieilles filles et cinq enfants orphelins. Mais elle avait décrit une famille tendrement unie ; or, la vérité était que cette famille n'était pas tendrement unie, loin de là. Marie-Antoinette arrivait dans une famille en conflit déclaré.

C'était un conflit de vieille date. Les enfants de Louis XV n'avaient jamais pu supporter les maîtresses de leur père. Adolescents, ils avaient déclaré la guerre à la Pompadour. Cette guerre avait duré vingt ans et n'avait cessé que par la mort de leur ennemie. La bataille avait repris de plus belle contre la Du Barry. *Mesdames* et le dauphin, qui à quinze ans avait déjà choisi le clan de la vertu, manifestaient leur antipathie en ignorant l'intruse : ils ne la voyaient pas, ils ne lui parlaient pas. C'était une arme efficace car très désagréable pour Mme du Barry et par ricochet pour le roi. Toutefois, Louis XV et son amie avaient marqué un point décisif avec la présentation ; ce jour-là, tout le monde avait été obligé de regarder la favorite et de la saluer. Les fêtes du mariage du dauphin leur offraient une belle occasion de prendre un second avantage. Oseraient-ils s'y montrer ensemble ? Et où ? À Compiègne, à Notre-Dame ?...

Personne à la cour n'avait la moindre idée de la réponse. Le seul qui savait, c'était le roi ; du reste, il n'avait peut-être pas encore pris sa décision. Et personne bien entendu n'avait osé lui poser la question, d'autant moins qu'il avait horreur des questions. Donc, avant Compiègne, le roi laissait planer le mystère et tout le monde attendait.

Pour un courtisan, le premier principe de la courtisanerie était de ne jamais déplaire au roi. Mais face à une famille royale divisée, il ne fallait pas non plus prendre trop ouvertement parti et risquer de froisser la génération montante, impair qui pouvait se payer cher au prochain changement de règne. Il convenait donc de ménager les susceptibilités avec doigté. La cour savait très bien faire cela ; elle avait eu les vingt années de la période Pompadour pour s'entraîner.

Chacun attendait donc que les événements se précisent pour se composer une attitude. D'où le silence qui entourait le problème Du Barry dans le cortège de Marie-Antoinette et que Vermond prenait pour des cachotteries. Il ne s'agissait que d'une élémentaire prudence.

*

On approchait de Châlons-en-Champagne ; on avait parcouru environ la moitié de la partie française du chemin ; on fit comprendre à Vermond que sa présence à bord du carrosse de la dauphine commençait à peser.

Après le départ – le vrai celui-là – des Autrichiennes, il était resté le seul ami d'autrefois de Marie-Antoinette et sa présence auprès d'elle avait semblé aller de soi. Mais, maintenant, le corps des dames d'honneur estimait que cela allait bien comme ça, les connaissances étaient faites. En clair, on l'avait assez vu.

Désormais, quand Mme de Noailles parlait à Vermond, elle prenait la voix haut perchée et le masque pincé qui lui servaient à exprimer sa désapprobation. Les autres dames d'honneur lui adressaient parfois quelques mots qu'elles faisaient suivre d'un silence signifiant : « Vous êtes charmant, certes, mais vous le seriez encore davantage si vous partiez. »

Vermond n'en fut pas surpris. Il s'y attendait. Il avait même conscience d'avoir lui-même accéléré son exclusion. Il avait trop laissé voir son intérêt et sa curiosité pour tout ce qui allait désormais entourer Marie-Antoinette. Bien sûr, il était resté le plus souvent silencieux, il n'avait jamais posé directement de question, il avait même souvent fait mine de s'isoler dans quelque lecture pieuse, mais il se rendait compte maintenant que sa façon d'observer et d'écouter ses compagnes de voyage, comme un naturaliste ou comme un policier, avait souvent dû les gêner. Son attention avait dû par moments être presque palpable. Il avait de nets progrès à faire en affectation et hypocrisie.

« Eh bien, oui, Majesté ! dit-il en s'adressant irrévérencieusement à Marie-Thérèse par-dessus les trois cents lieues qui les séparaient, vous avez choisi un espion très maladroit. Mais ce n'est pas ma faute. Vous étiez prévenue que je débute dans ce métier. »

Encore fallait-il faire accepter en douceur à Marie-Antoinette ce changement de voiture. À l'étape du milieu de la journée, on s'arrêta deux heures pour se reposer dans un château dont l'allée s'ouvrait sur la grand-route. Par exception, après le repas, Mme de Noailles se dissocia un moment de sa dauphine pour aller faire un peu de toilette. Vermond en profita pour entraîner Marie-Antoinette dans une promenade sous les arbres du parc. Deux demoiselles d'honneur se levèrent pour les suivre. Il les arrêta d'un regard autoritaire. Elles n'osèrent pas passer outre et les laissèrent s'éloigner.

« C'est une chance, se dit-il, d'avoir eu affaire à ces deux jeunettes. Si elles avaient été plus vieilles, elles ne se seraient pas laisser impressionner et ç'auraient sans doute été elles qui m'auraient envoyé me promener tout seul. »

— Si Votre Altesse le permet, commença-t-il dès qu'ils se furent un peu éloignés des autres, j'irai cet après-midi voyager dans la voiture du secrétaire de M. de Starhemberg.

Marie-Antoinette leva sur lui des yeux étonnés, un peu attristés.

— Pourquoi cela ? Vous reviendrez demain ?

— Si Votre Altesse le permet, je crois qu'il vaut mieux que je termine le voyage dans une autre voiture.

— Vous vous ennuyez avec nous ?

— Bien au contraire, Altesse, je m'amuse trop bien. J'écoute Votre Altesse et ses dames rire, jouer aux charades et chanter. Je ne m'occupe plus guère de lire ni de réfléchir.

— Nous sommes en voyage, vous reprendrez tout ça quand nous serons arrivés.

Vermond sourit avec un brin de malice :

— Permettez-moi de vous faire observer, Altesse, que, comme professeur, ce n'est pas un très bon exemple que je vous donne... Mais il y a une autre raison. Je crois que vous créerez plus facilement des liens d'amitié et de confiance avec vos nouvelles compagnes si je m'éloigne un peu. Nous avons encore quelques jours de ce voyage où les relations sont faciles et peu gênées par l'étiquette. Je crois que vous serez plus à l'aise entre vous.

Marie-Antoinette ne répondit rien. Elle avait perçu la vague animosité de ses dames d'honneur à l'encontre de son professeur et elle devinait que c'était là la vraie raison de son départ. Cette situation l'embarrassait. Elle avait déjà compris que son nouveau rang de dauphine lui donnait le droit d'exiger beaucoup de choses. Il lui aurait suffi de dire : « Je veux que l'abbé Vermond demeure près de moi toute la journée », et personne n'aurait rien eu à ajouter. Mais elle ne pouvait pas obliger ses dames à éprouver de la sympathie pour lui et il lui était pénible de se trouver au centre d'une atmosphère d'hostilité.

Elle leva les yeux et demanda :

— Nous ne nous verrons plus de la journée, alors ?

— Et notre quart d'heure de lecture spirituelle ? Il me semble que vous l'oubliez. Je vous rappelle que votre maman a prescrit que vous commenciez vos journées par au moins un quart d'heure de lecture spirituelle. Elle a précisé « au moins ». C'est écrit en toutes lettres dans le programme qu'elle a rédigé pour vous et que je crains que nous n'ayons pas encore beaucoup observé.

— Si nous lisons la vie des saints, nous n'aurons pas le temps de parler d'autre chose.

— Nous ne sommes pas obligés de lire pendant tout le quart d'heure, nous pouvons commenter aussi, et même commenter très librement. Et rappelez-vous que je suis désormais votre lecteur. Il n'y a pas que les lectures spirituelles. Il y a les lectures amusantes aussi. Nous pourrons y consacrer tout le temps que vous voudrez.

Marie-Antoinette sourit :

— Ce qu'il y a de bien avec vous, monsieur l'abbé, c'est que vous voyez toujours les choses du bon côté. Sans vous, depuis que nous sommes partis, j'aurais été plus souvent découragée.

— Si cela est, j'en suis très heureux, Altesse.

*

Un moment plus tard, quand les carrosses se remirent en route, Vermond alla demander l'hospitalité au secrétaire du prince de Starhemberg qui disposait d'une voiture pour lui tout seul maintenant que la quasi-totalité des Autrichiens avait fait demi-tour. En fait, il ne restait plus d'Autrichien dans le cortège que Starhemberg, qui représentait Marie-Thérèse, et les quelques personnes de son service.

Friedrich, le secrétaire, était un garçon paisible et accueillant. Il offrit à Vermond l'incroyable confort d'une banquette entière. « De toute façon, fit-il remarquer, même en en changeant souvent, je ne parviens pas à utiliser les deux. »

Sa compagnie était des plus calmes car il dormait presque tout le temps quand le carrosse roulait. Vermond, installé comme un pacha sur sa large banquette, face à Friedrich qui dormait et au paysage de la Champagne qui défilait, put reprendre dans le calme ses réflexions.

Dans le parc, sous les arbres, en parlant avec Marie-Antoinette de lectures à venir, il s'était soudain souvenu d'une parole de Marie-Thérèse. C'était pendant l'une de leurs dernières audiences du samedi. Le jour où l'impératrice lui avait parlé pour la première fois de ce nouveau poste de lecteur créé pour lui, et de son rôle à venir auprès de Marie-Antoinette. Elle avait dit : « Les Français n'ont pas voulu de vous comme confesseur de Marie-Antoinette, et c'est bien dommage... » Pourquoi était-ce bien dommage ?... Sur le moment, à Schönbrunn, il avait ressenti une ingénue bouffée de vanité : l'impératrice d'Autriche l'estimait au point de regretter de ne pas pouvoir lui confier la direction de la conscience de sa fille... Hélas ! Marie-Thérèse avait une vision beaucoup plus pratique que cela. Si l'abbé Vermond avait été nommé confesseur de la dauphine, ils auraient pu se parler seul à seule aussi souvent qu'ils l'auraient souhaité. En outre, Vermond aurait été au courant des secrets les plus intimes de Marie-Antoinette, ce qui aurait pu être bien utile à sa maman l'impératrice, pour peu qu'il eût eu le bon esprit de bien vouloir les partager un peu. Finaude Marie-Thérèse !... N'ayant pas pu mettre dans son jeu le poste-clef du confesseur, elle avait prescrit ces lectures quotidiennes de façon à ménager chaque jour un moment de tête-à-tête entre sa fille et son agent de renseignement. Il fallait reconnaître qu'elle avait aussi obéi au souci maternel d'empêcher sa fille de se laisser aller à la paresse intellectuelle. Mais l'un n'empêchait pas l'autre, bien au contraire. Culture et renseignement ne s'excluaient pas. Vermond avait pu observer durant son séjour que l'impératrice était douée d'un vaste sens de l'organisation.

Toujours était-il qu'il ne serait peut-être pas constamment possible d'être seuls pour ces lectures. Si Mme de Noailles ou l'une de ses comparses prétendait vouloir venir écouter, il serait difficile de les écarter.

Si la compagnie de Friedrich était si reposante, c'est qu'il n'était pas noble. Son parcours ressemblait à celui de Vermond. Une famille modeste. Un enfant curieux, doué pour les études. Toute une jeunesse passée au collège. À la sortie, sa culture étendue lui avait valu d'être nommé bibliothécaire chez les princes de Starhemberg. De bibliothécaire, il était devenu secrétaire.

— Ont-ils une belle bibliothèque ? demanda Vermond.

— Prodigieuse. Sept mille livres dont trois mille au moins sont des raretés. Ils en sont fiers comme de leur chapelle gothique ou de leurs chevaux de race. Ils la font visiter à tous leurs invités mais, avec cela, je crois que je n'ai jamais vu l'un d'eux ouvrir un volume de cette bibliothèque.

On pouvait parler avec Friedrich comme avec un cousin ou un camarade d'étude. Sans tension. Sans arrière-pensée.

Converser, et même simplement vivre avec ces nobles était épuisant. Il n'y avait pas un instant où ils ne vous rappelaient pas que vous n'apparteniez pas au même monde. Une conversation courtoise sur le sujet le plus anodin – le temps qu'il faisait, le vin de l'année, le concert donné par cet étonnant enfant, le jeune Mozart... – était doublée par une deuxième conversation non formulée mais bel et bien pensée.

Le seigneur (ou la dame) qui parlait à Vermond ou à Friedrich avertissait :

« Je vous adresse la parole mais, ne vous y trompez pas, c'est pure politesse de ma part. Vous êtes propre et instruit, sympathique certainement, mais surtout n'allez pas imaginer que j'oublie un instant l'abîme social qui nous sépare. »

Si Vermond (ou Friedrich) se sentait d'humeur combative, il pouvait tenter de répondre, mentalement et sans trop lever les yeux :

« Votre naissance vous donne tous les avantages, soit, mais il vous manque quelque chose que je possède moi et que j'ai acquis seul : la connaissance et l'intelligence. »

« Mon pauvre petit, semblait alors répondre le noble s'il était d'humeur à argumenter, l'intelligence et la connaissance, c'est bien joli mais ce sont des qualités de pauvre. Elles nous sont utiles chez nos intendants et nos secrétaires. Mais croyez-vous que quand on possède la richesse et les honneurs, la connaissance et l'intelligence soient vraiment indispensables ? Regardez autour de vous... »

Et si Vermond et Friedrich regardaient autour d'eux vivre les nobles autrichiens, et depuis une dizaine de jours les nobles français, ils étaient bien obligés de convenir que l'intelligence et la connaissance ne leur étaient nullement nécessaires. Ils jouissaient, par droit de naissance, de tous les plaisirs et de tous les conforts. Certains avaient en plus l'intelligence, la culture et étaient vaillants à la guerre, mais ce n'étaient que des bonheurs supplémentaires qu'ils s'offraient à eux-mêmes. En les regardant avec attention, il semblait à Vermond que leur suprême bonheur, c'était justement la certitude d'appartenir à cette caste supérieure, avec son langage, son orgueil, ses codes et ses rituels.

— Je me demande ce que nous faisons parmi ces princes... dit Vermond.

— Il faut bien manger, fit sobrement observer Friedrich, et la cuisine chez eux est excellente. J'estime qu'au collège, j'ai mal mangé pour le restant de mes jours. Et il est plus intéressant de se trouver là où se fait l'histoire des pays qu'ailleurs. On ne peut pas vraiment dire que le prince de Starhemberg *fasse* l'histoire, mais il tient très convenablement son rôle de marionnette diplomatique. Pour moi, je suis heureux d'avoir ce poste et d'avoir pu faire ce voyage. J'aurai vu de près un petit morceau de l'histoire de ce siècle. Je pourrai ensuite comparer avec tout ce que les livres racontent de l'histoire des autres siècles.

Vermond songea avec un élan de tendresse à Marie-Antoinette, la petite princesse qui allait être le trait d'union entre deux grandes nations. Et aussi à Marie-Thérèse, fascinante et exaspérante. Et à l'étonnant Joseph II... Lui non plus ne regrettait pas son voyage.

Friedrich ne semblait pas débordé de travail. Il arriva une ou deux fois que le prince de Starhemberg le fasse appeler pour lui dicter de courts billets, mais ce fut tout. Des journées entières passaient sans qu'on ne lui demande rien, ce qui ne semblait pas le chagriner le moins du monde. Vermond s'étonna :

— Le prince de Starhemberg, l'envoyé extraordinaire de l'impératrice, n'écrit pas plus que cela ?

— Si, répondit Friedrich, il écrit beaucoup au contraire mais, ces jours-ci, Monseigneur fait son courrier lui même. Il estime sans doute que ce qu'il écrit est trop secret pour passer sous mes yeux.

Friedrich médita un instant et poursuivit :

— Pourtant, Dieu sait s'il ne se passe rien d'intéressant en ce moment !... Ce voyage est parfaitement monotone. Je me demande ce qu'il peut trouver à raconter dans ses rapports. À part la description des consternants opéras dont on nous régale à chaque étape... À mon avis, il fait du remplissage.

Bien sûr !

Vermond venait de comprendre : le mouchard en chef, pendant le voyage, c'était Starhemberg. Et il tenait à la vanité d'être le seul en contact avec Marie-Thérèse. Il se voulait indispensable, irremplaçable. Tant mieux, tant mieux !... Et s'il voulait rester encore longtemps auprès d'eux à Paris, il serait le bienvenu.

Le soir, à l'étape, alors que tout le monde était couché, Vermond s'en alla faire le tour du parc. Marcher un peu seul et respirer les parfums de la nuit était bien agréable après toutes ces heures passées à se faire secouer en carrosse. La lumière resta allumée très tard derrière les fenêtres de l'appartement qu'occupait le prince de Starhemberg.

— Écrivez, monseigneur, écrivez, dit Vermond à mi-voix depuis le jardin. Surtout n'oubliez aucun détail. Tant que vous écrivez, moi, j'ai la paix.

*

Il y avait une question qui tourmentait réellement Vermond, et qui le tourmentait de plus en plus à mesure qu'on se rapprochait de Compiègne. C'était même en grande partie à cause de cette inquiétude qu'il avait souhaité quitter le carrosse de Marie-Antoinette.

Que savait exactement Marie-Antoinette à propos du mariage ?

On lui avait répété et répété que le premier de ses devoirs était de mettre au monde au plus vite un ou plusieurs enfants ; des garçons, cela allait de soi. Ça, elle le savait. Mais lui avait-on expliqué ce qui était censé se passer entre la cérémonie des noces, les fleurs et la musique, et la conception de cet enfant ? Connaissait-elle les implications physiques du mariage ?

Vermond n'en savait rien. Il voulait espérer que Marie-Thérèse s'était chargée de cet enseignement. C'était son rôle de mère et elles avaient eu ensemble de longues soirées tranquilles avant le départ. Normalement, Marie-Thérèse aurait dû lui expliquer en quoi consistaient les relations entre époux mais « normalement » était un adverbe sur lequel on ne pouvait guère compter avec l'impératrice. Elle était tout à fait capable d'avoir choisi de laisser Marie-Antoinette partir ignorante, ou en tout cas à peine instruite, dans l'idée qu'il ne fallait pas que la petite s'inquiète à l'avance et arrive effrayée et mal disposée auprès de son jeune époux.

Qui d'autre, se demandait Vermond, aurait pu renseigner Marie-Antoinette ? *Muti* Brandeiss ? Une de ses sœurs aînées ? Une femme de chambre, brave fille et appelant les choses par leur nom, ce qui aurait sans doute été la meilleure des solutions ? Encore une fois, il voulait l'espérer mais il en doutait. À Schönbrunn, surtout depuis la mort de François-Étienne, l'atmosphère était à l'extrême pudibonderie. On ne parlait jamais de « ces choses-là ». Jamais il n'avait entendu une plaisanterie un peu leste, même chez les garçons. Il avait lu toutes les lettres envoyées par Marie-Antoinette à ses sœurs et à Mme de Brandeiss, non pas par indiscrétion mais parce qu'il en corrigeait l'orthographe, à aucun moment il n'avait relevé une phrase ou une remarque pouvant laisser entendre que ce sujet avait été abordé entre elles. Il avait observé que Marie-Antoinette s'intéressait peu à tout cela. Certains adolescents sont curieux des choses du corps. Pas Marie-Antoinette. Elle était sans doute tout simplement encore trop jeune.

Et qu'avait-on décidé pour Marie-Antoinette et le dauphin ? se demandait encore Vermond. Allait-on réunir ces deux enfants dans le même lit sans leur laisser le temps de faire connaissance, sans égards pour leur délicatesse et leur pudeur ? Ces politiques en étaient bien capables. Marie-Thérèse lui avait rappelé un jour que sur ces questions, on ne prenait pas en compte le bonheur ou l'épanouissement de deux personnes particulières mais le bien des États. Et le mariage de Marie-Antoinette était une affaire d'État.

Ces derniers temps, Vermond avait souvent pensé à Marie-Adélaïde de Savoie, la mère de Louis XV, dont l'histoire ressemblait par tant de côtés à celle de Marie-Antoinette. À son arrivée, Marie-Adélaïde avait épousé avec toutes les cérémonies d'usage le jeune duc de Bourgogne, mais Mme de Maintenon, sa tutrice en France, avait jugé que la petite duchesse était trop jeune encore pour avoir des relations charnelles. Elle avait tenu les jeunes époux séparés pendant plus de deux ans. Vermond aurait souhaité que ce précédent bénéficie à Marie-Antoinette, cependant il y avait peu de chance que cela arrive. Marie-Adélaïde, en arrivant à Paris avait douze ans, Marie-Antoinette en avait quatorze et demi, et on considérait en général que c'était un âge raisonnable pour le mariage. Pour Marie-Antoinette, frêle, sensible et imaginative, c'était trop jeune, pensait Vermond, mais il n'y avait plus aujourd'hui à Versailles de Mme de Maintenon, autoritaire et raisonnable, pour prendre cette dauphine-là sous son aile.

Au moins, pensait-il, il fallait que Marie-Antoinette fût renseignée. Son ultime espoir résidait en Mme de Noailles et surtout en sa garde rapprochée de dames d'honneur. Il n'était pas impossible que Mme de Noailles, dans un accès d'intelligence, s'en charge. Et parmi les dames, il lui avait semblé que certaines ne s'embarrassaient pas d'une excessive pruderie. À Versailles, le roi et Mme du Barry donnant l'exemple, une grande liberté régnait. Ce n'était pas que Vermond l'approuvât mais il se demandait si cette liberté, en tout cas de parole et de pensée, ne pourrait pas dans l'immédiat rendre service à Marie-Antoinette.

Ces heures passées sur la route, cette intimité créée par le petit espace fermé du carrosse, c'étaient de favorables circonstances pour les conversations entre femmes et les échanges de confidences. Seulement pour cela, il était clair qu'il fallait que Vermond laisse ces dames entre elles. Sa présence interdisait toute conversation sur un chapitre aussi intime.

Il partit donc s'établir dans la voiture de Friedrich. Il ne restait plus maintenant qu'à souhaiter que Mme de Noailles et son état-major se montrent à la hauteur de la situation.

Chapitre 20

Compiègne

La tradition prévoyait que le roi et le dauphin se déplaçaient à la rencontre de la nouvelle dauphine. L'endroit de la rencontre avait été retenu après de longues réflexions. Il fallait avancer assez pour montrer à Marie-Antoinette le plaisir et l'impatience qu'on avait de faire sa connaissance, mais pas trop tout de même pour ne pas laisser Marie-Thérèse et les Autrichiens croire qu'on leur faisait plus d'honneur qu'ils ne le méritaient. Il avait été décidé que Compiègne se trouvait à la juste distance.

Le rendez-vous était fixé au 14 mai, en lisière de la forêt, au carrefour du pont de Berne.

Le 14 mai, par chance, il faisait très beau. Dès l'aube, le public commença à arriver en foule. Puis les mousquetaires et les gardes françaises dans leurs uniformes les plus rutilants vinrent se disposer de part et d'autre de la route. Vers midi, le carrosse qui amenait Louis XV et le dauphin arriva, suivi de toute la file des voitures transportant ceux qui à Versailles n'avaient pas fait le voyage de Strasbourg. Des estafettes envoyées au-devant de Marie-Antoinette revinrent au galop et annoncèrent que Madame la dauphine serait là dans une demi-heure. Tout se déroulait donc parfaitement suivant le programme établi.

Les trompettes des gardes françaises et les cris de joie de la foule firent savoir que le cortège de la dauphine était en vue. Le carrosse de Marie-Antoinette apparut, ralentit et s'arrêta à une centaine de pas en face de celui du roi. Le roi et le dauphin descendirent les premiers. On ouvrit la portière du carrosse doré de Marie-Antoinette, on abaissa le marchepied, elle mit pied à terre avec légèreté et s'élança presque en courant à la rencontre du roi. Cette course joyeuse exprimait l'extrême désir qu'elle avait de rencontrer enfin son nouveau grand-père et son nouveau mari, et l'extrême tendresse qu'elle éprouvait déjà pour eux.

Bien entendu, toute cette scène si charmante et spontanée était préparée comme un ballet. Starhemberg, Mme de Noailles et l'abbé Vermond, descendus de voiture comme toute la suite de Marie-Antoinette, suivaient, le souffle suspendu, chaque geste de leur pupille. Les jours précédents, ils avaient, chacun dans sa partie, aidé Marie-

Antoinette à préparer ce nouveau rôle et ils suivaient la scène avec l'angoisse qu'éprouve un professeur de musique pendant qu'un de ses élèves exécute en public un morceau difficile.

Eh bien, encore une fois, Marie-Antoinette s'en tirait à merveille. Non seulement, elle ne faisait aucune fausse note, aucune erreur, mais en plus elle tenait son rôle avec une grâce parfaite et y ajoutait une sensibilité toute personnelle. Joie et hâte de rencontrer enfin sa nouvelle famille, timidité, gentillesse de la jeunesse, hauteur aristocratique dépourvue d'arrogance, son intuition lui soufflait toutes les nuances. Comme à Strasbourg, les trois mentors ne pouvaient qu'admirer à quel point elle était douée.

Arrivée devant le roi, elle esquissa une cérémonieuse révérence, mais Louis XV, se penchant en avant, l'arrêta avec infiniment de délicatesse et l'embrassa avec l'affection du plus aimant des grands-pères. Puis il se tourna à demi vers le dauphin, posa d'un geste paternel la main sur son avant-bras et le fit avancer d'un pas vers sa nouvelle femme. Les deux jeunes gens se saluèrent avec une grâce et une retenue que tout le monde trouva charmantes. L'aimable comédie de la rencontre se déroulait à la perfection. Les acteurs principaux, le roi, le dauphin et la dauphine, se sentaient contents d'eux-mêmes et de leurs partenaires. Tous trois éprouvèrent les uns pour les autres, pendant les quelques minutes de cette représentation, l'impression de joyeux compagnonnage qui naît d'une tâche difficile accomplie en commun et réussie à souhait ; ce sentiment chaleureux était la meilleure chose qui pouvait leur arriver ce jour-là.

Marie-Antoinette, une fois passé les premiers moments pendant lesquels toute son attention avait été consacrée au souci de dominer son appréhension et de bien jouer son personnage, eut enfin le loisir de regarder son nouveau grand-père. Elle fut immensément surprise. Louis XV ne ressemblait pas du tout à ce qu'elle attendait. On lui avait décrit un vieillard accablé de malheurs et de deuils. À Schönbrunn, il y avait une bible illustrée dans la bibliothèque de l'appartement des enfants. Une gravure représentait Moïse âgé, apercevant du haut d'une colline le pays de Canaan. Le patriarche, appuyé sur un bâton, sa longue barbe blanche volant au vent, contemplait avec nostalgie la Terre promise qu'il ne lui serait pas permis d'atteindre. C'était exactement comme cela que Marie-Antoinette avait imaginé Louis XV.

À quarante ans, on appelait Louis XV « le plus bel homme du royaume ». À soixante, il pouvait presque encore prétendre à ce titre. Il était grand, il était demeuré mince, il se tenait et se déplaçait avec l'élégance d'un danseur, son visage était calme, ses yeux étaient rieurs et sa bouche malicieuse. Son regard, qui pouvait être si charmeur, était en ce moment empreint de curiosité et d'amitié sincère pour ce petit bout de princesse qui lui arrivait là, depuis l'autre extrémité de l'Europe.

Louis XV et Marie-Antoinette se plurent au premier regard échangé. Il lui présenta le bras et l'invita à prendre place dans son propre carrosse. Elle fit une légère révérence et monta en voiture avec le même élan joyeux et jeune qu'elle avait montré en parcourant les cent pas qui séparaient les deux cortèges. Le roi la suivit en enjambant deux marches à la fois, comme si la vivacité de Marie-Antoinette avait eu sur lui un effet de contagion. Le dauphin monta en troisième. Le carrosse fit demi-tour au milieu des vivats de la foule et des salves de mousqueterie et reprit au pas la route de Compiègne.

Dans la voiture, le grand-père et la petite-fille continuaient de faire connaissance. Marie-Antoinette, assise en face de ce jeune grand-père au regard amical, ressentait à la fois de la joie et du soulagement. Joie que le roi la trouve jolie, agréable, et le laisse voir. Joie de cette sympathie mutuelle qui était née entre eux dès la première minute. Soulagement car elle s'était réellement attendue à se trouver désormais sous l'autorité d'un vieillard rendu amer et irascible par ses malheurs.

L'agréable surprise était réciproque. Louis XV considérait avec attendrissement cette petite dauphine qui se trouvait en face de lui. Elle était touchante. Elle faisait de son mieux pour prendre l'air d'une princesse expérimentée, à l'aise dans les fastes d'une grande cour mais, Dieu merci ! elle n'y arrivait pas du tout. À chaque instant, elle laissait voir sa naïveté, sa spontanéité et son ignorance des usages, ce qui la rendait encore plus charmante. Elle avait une peau ravissante, jeune et souple, et un teint enchanteur, presque lumineux. Elle lui rappelait ses filles au même âge.

Louis XV avait beaucoup aimé ses filles ; mais il les aimait en homme timide qui savait peu le dire. Ils s'aimaient toujours, mais la guerre commencée vingt ans plus tôt par ses enfants contre la Pompadour et poursuivie aujourd'hui contre la Du Barry gâtait leur relation. Quoi que le père et les filles se disent, même les choses les plus simples et les plus quotidiennes comme « Bonjour, avez-vous bien dormi ? », la question Du Barry non formulée se dressait toujours entre eux.

« Quand renvoyez-vous cette fille, indigne de vous et de notre famille, et nous rendez-vous votre amour tout entier ? semblaient éternellement demander *Mesdames*.

— Jamais, répondait silencieusement Louis XV. J'ai le droit d'aimer qui m'aime. Et je ne permets à personne de me dicter ma conduite. »

Orphelin, sans frère ni sœur, dauphin à deux ans, roi à cinq ans, la vie avait volé son enfance à Louis XV. L'enfance de ses filles, si jolies, si pétillantes, si joyeuses de vivre, avait été un dédommagement. Il les avait gâtées pour en quelque sorte se rattraper. Marie-Antoinette le ramenait dans le temps heureux ou ses filles, enfants et adolescentes, ne s'étaient pas encore instituées les surveillantes de sa conduite et les protectrices de leur mère, bien laissée à l'écart, il était vrai. Cette gentille dauphine lui rappelait le temps joyeux où ils étaient tous jeunes, et où il était permis au père et aux filles de s'aimer naturellement, sans arrière-pensées ni questions non énoncées.

Marie-Antoinette bavardait, racontait son voyage, transmettait les compliments dont sa mère l'avait chargée. Louis XV, souriant, lui faisait avec le plus grand sérieux la conversation. En choisissant l'alliance avec l'Autriche, en décidant le mariage de son petit-fils le dauphin avec une archiduchesse, Louis XV avait accompli son devoir de roi. Il avait pensé agir le mieux possible pour le bien de la France. On lui avait montré des portraits de Marie-Antoinette qu'il avait bien entendu qualifiés de charmants, mais c'était par politesse envers Marie-Thérèse et parce que c'était la moindre des choses dans ce genre de circonstances. Tout le monde savait que ces portraits officiels avaient pour mission de véhiculer une image flatteuse. Si la fille était laide, on l'arrangeait un peu ;

cela avait d'ailleurs très peu d'importance, ce qui comptait c'était l'alliance entre les États.

La veille, en se mettant en route pour Compiègne, Louis XV se sentait content. Ce mariage avait demandé deux ou trois années de travail, on en voyait enfin le bout et c'était un succès. Louis XV se savait à la fin de son règne et il avait le sentiment avec cette union d'avoir œuvré utilement pour préparer celui de son petit-fils. Il n'avait seulement pas prévu que cette archiduchesse d'Autriche, tout impersonnelle pendant les pourparlers, se révélerait être cette enfant jolie, gaie, attendrissante, dont il avait ressenti le charme dès le premier moment. C'était une joyeuse surprise que le sort lui faisait là.

Le dauphin était assis sur la même banquette que son grand-père, un peu à l'écart, un peu raide et contraint alors qu'il aurait aimé avoir l'air à l'aise. Il se taisait. Il regardait alternativement le roi et sa jeune épouse. De temps en temps, malgré lui, il baissait les yeux et semblait considérer ses genoux, puis il s'en rendait compte et ramenait le regard sur ses deux compagnons. Il se sentait soulagé qu'ils trouvent tout de suite tant de choses à se dire.

Lent, silencieux, réfléchi, le dauphin Louis ne redoutait rien tant que ces conversations pétillantes et frivoles dont on raffolait à Versailles et dans lesquelles on s'envoyait des phrases spirituelles comme des volants avec des raquettes.

Louis était lui aussi plutôt agréablement surpris par sa nouvelle épouse. À quinze ans, il se sentait encore très enfant. Il était dauphin depuis deux ans, mais M. de La Vauguyon, son gouverneur, n'avait pas modifié pour autant leur manière de vivre. Louis suivait comme auparavant ses quotidiennes leçons de latin, de morale et de religion. Et il consacrait son temps libre à sa passion pour la géographie et les cartes du monde, passion que M. de La Vauguyon ne partageait pas mais qu'il autorisait comme une marotte sans conséquence. Louis du reste aimait ces leçons ; à la différence de beaucoup d'adolescents, il ne piaffait pas pour en être débarrassé ; elles étaient tranquilles, stables et rassurantes.

Bien au contraire, l'arrivée de cette jeune épouse autrichienne était profondément inquiétante. Elle plaçait Louis au centre de deux messages contradictoires. Ses parents, de leur vivant, et M. de La Vauguyon avaient toujours eu le projet avéré de faire de Louis un homme fidèle et vertueux. Pour être clair, le contraire de son volage et voluptueux grand-père. Louis avait donc appris que les femmes étaient sources de péché ; on devait se garder de trop les regarder car elles faisaient venir de coupables pensées. Quels péchés ? Quelles pensées ? Louis ne le savait pas trop et il avait d'ailleurs assez peu cherché à creuser la question, mais il avait retenu le précepte.

Et puis, en quelques semaines, les nouvelles que Madame l'archiduchesse n'allait pas tarder à se mettre en route, puis qu'elle était en chemin vers Paris, avaient été annoncées. Louis avait alors reçu de toutes parts des compliments et des remarques dont la synthèse était : « Alors, Monseigneur, vous voilà tout à fait un homme, désormais », et : « Alors, heureux coquin, voilà une jolie jeune femme qui vous arrive. »

Il avait craint jusqu'à la panique de voir descendre de ce carrosse doré une grande jeune fille, hautaine et sarcastique, déjà femme, dont le premier coup d'œil glacé et impitoyable semblerait dire : « C'est donc ce gamin, mon mari ? »

Dieu merci, c'était une enfant. Et qui semblait plutôt bonne fille si l'on pouvait se permettre cette expression envers une archiduchesse d'Autriche. Son regard n'avait été ni glacé ni sarcastique. Il fallait reconnaître qu'elle l'avait très peu regardé, son attention et sa sympathie ayant été d'emblée entièrement tournées vers le roi. Mais Louis ne s'en sentait pas froissé ni jaloux. Il avait redouté tellement pire. Il lui semblait d'ailleurs légitime qu'elle s'intéresse davantage à son grand-père, si beau et si majestueux, qui savait parler aux femmes en donnant le sentiment à chacune d'entre elles qu'elle était incomparable, plutôt qu'à lui qui se sentait la gaucherie personnifiée.

Marie-Antoinette jetait de rapides regards sur ce grand garçon silencieux assis en face d'elle. On ne lui avait pas dit qu'il était si grand. Il était blond et tranquille. Comme elle l'avait déjà pensé devant son portrait, elle trouvait qu'il ressemblait aux jeunes garçons d'Allemagne et d'Autriche, ce qui lui donnait plutôt confiance. Elle devinait qu'il n'avait pas une personnalité plus forte que la sienne et cela aussi, c'était rassurant. Il serait un compagnon plus qu'un chef.

Louis XV, désirant briser un peu la glace entre les deux jeunes gens, se tourna vers son petit-fils.

— Eh bien, Louis, n'avez-vous rien à dire à Madame la dauphine ?

— Madame, je suis charmé que vous soyez arrivée en bonne santé, dit Louis.

Il n'hésita pas, son ton fut ferme et sa voix révéla moins de timidité et plus de maturité que sa contenance embarrassée aurait pu le laisser croire. L'intuitive Marie-Antoinette, sensible aux nuances, le perçut aussitôt et regarda son jeune mari avec un intérêt renouvelé. Louis XV ressentit cet échange d'impressions et en fut secrètement soulagé. Allons, ces deux enfants se comprendraient... Cette première rencontre s'était bien passée. Tout cela, c'était du bon travail, bien mené, bien terminé.

Le carrosse roulait vers Compiègne, au pas pour laisser aux personnes venues se poster sur le bord de la route le temps de voir l'intérieur du carrosse et d'apercevoir chaque membre de la famille royale.

Vermond et Friedrich, tout à fait à la queue du cortège, suivaient la même route.

C'était la première fois que Vermond voyait Louis XV d'assez près pour distinguer son visage. Sa surprise avait été au moins aussi grande que celle de Marie-Antoinette. Le roi ne ressemblait en rien à ce qu'il avait imaginé. Il s'était représenté un vieux roué. Un vieil homme cassé par les deuils et la débauche, les soupers fins et l'excès de liqueurs. Il attendait un regard éteint, des yeux rouges, un visage à la fois morne et cynique. Il avait rencontré un homme encore jeune, un maintien royal, une majesté inégalable.

Pendant un instant, par hasard, le regard du roi avait croisé celui de Vermond et c'était le regard le plus fin et le plus pénétrant qu'il eût jamais rencontré. Ce regard semblait dire : « L'Histoire est une force colossale. Ne vous exagérez pas la puissance des rois. Ils peuvent tout juste essayer, avec de tout petits moyens, d'orienter la marche de l'Histoire dans le sens qui leur paraît le plus juste pour la paix et la tranquillité des peuples. Ce mariage est une de ces tentatives. J'espère de tout cœur qu'il aura des effets heureux. »

Vermond s'était senti bouleversé. « Bien sûr ! avait-il songé, moi aussi je savais cela... »

Le lent trajet au pas à travers la forêt de compiègne lui laissa le temps de réfléchir à la découverte qu'il venait de faire en rencontrant le regard de

Louis XV. « Oui, se répétait-il, l'élan formidable de l'Histoire... Moi aussi, je me doutais de cela. Et d'une certaine façon, Marie-Thérèse aussi... Mais son désir maternel et infiniment terrestre de bien marier ses filles l'empêchait d'arriver aussi complètement à cette conclusion. Ainsi que son désir de gouverner ses trois royaumes comme une vaste famille. »

Il avait eu le temps d'observer le dauphin aussi. Il se souvenait d'avoir aperçu trois ans plus tôt dans les jardins de Versailles un garçonnet placide, rondouillard, qui jouait sans hâte et sans tapage. Il ne l'aurait pas reconnu. Le dauphin mesurait maintenant plus de cinq pieds, il était large et bâti comme un bûcheron, il était maladroit et gauche comme un jeune chien dans cette grande carcasse poussée trop vite. En montant en carrosse à la suite de son grand-père, il avait trouvé moyen de se cogner deux fois. Vermond avait considéré avec attendrissement et même tendresse ce grand adolescent balourd. Tout cela n'avait aucune importance. Le dauphin apprivoiserait vite ce grand corps. Et une grande taille était un somptueux cadeau que la nature faisait à Louis XVI. Quel don pouvait être plus utile à un roi, chargé de commander à tous les autres, qu'une haute stature ? C'était une fabuleuse dose de majesté naturelle qui lui était offerte gratuitement dès le début de sa vie.

Vermond appuya sa tête contre le dossier de la banquette et ferma les yeux. Le roi et Marie-

Antoinette s'étaient plu, il l'avait ressenti tout de suite ; les deux enfants ne s'étaient pas déplu, c'était l'essentiel aujourd'hui. C'était la première fois qu'il s'accordait un moment de repos moral depuis ce matin d'hiver où le secrétaire de l'ambassadeur d'Autriche était venu le chercher dans sa bibliothèque du collège des Quatre-Nations. Depuis ce jour, toutes ses pensées, toute son attention, toute la tension de son esprit avaient été constamment consacrés à Marie-Antoinette et au désir qu'il avait de la voir arriver en France dans les meilleures conditions possibles. Eh bien, voilà ! C'était fait. Marie-Antoinette avait rejoint sa nouvelle famille. Elle roulait en ce moment à la tête du cortège, assise entre son grand-père et son tout jeune mari. La première partie de la mission de l'abbé Vermond était achevée. En fait rien n'était achevé. Tout commençait, au contraire. La vie de la dauphine à Versailles serait certainement riche de complications et de soucis à régler. On les affronterait et on les règlerait. Mais, aujourd'hui, on pouvait un instant fermer les yeux en attendant d'arriver à Compiègne.

TABLE

Les Colombes du Roi-Soleil

**Des jeunes filles rêvent d'aventure
et de succès. Élevées aux portes
de Versailles, les Colombes du Roi-Soleil
volent vers leur destin...**

PARTAGEZ LE DESTIN
DES COLOMBES DU ROI-SOLEIL
AVEC NEUF TOMES
PARUS EN GRAND FORMAT

Les Comédiennes de Monsieur Racine

Le célèbre Monsieur Racine écrit une pièce de théâtre pour les élèves de madame de Maintenon, les Colombes du Roi-Soleil. L'occasion idéale pour s'illustrer et, qui sait, être remarquée par le Roi. L'excitation est à son comble parmi les jeunes filles. Y aura-t-il un rôle pour chacune d'entre elles ?

Le secret de Louise

Grâce à ses talents de chanteuse, Louise est remarquée par la Reine d'Angleterre, qui lui demande de devenir sa demoiselle d'honneur. Elle quitte à regret Saint-Cyr et ses amies. Mais, très vite, elle fait des rencontres passionnantes et des découvertes qui vont l'aider à lever le voile sur le mystère qui entoure sa naissance...

Charlotte la Rebelle

Charlotte décide de s'enfuir de Saint-Cyr et de quitter cette existence rangée qui ne lui convient pas. Une nouvelle vie l'attend à la cour de Versailles, une vie de fête, de liverté, de joie. Une découverte vient pourtant troubler son bonheur : son fiancé, François, a disparu. Charlotte ne s'avoue pas vaincue. Elle est prête à tout pour le retrouver !

La promesse d'Hortense

Hortense a fait une promesse à son amie Isabeau : rester avec elle à Saint-Cyr jusqu'à leur vingt ans. Mais Simon, l'homme qu'elle aime, ne supporte plus de vivre loin d'elle. Hortense accepte de s'enfuir avec lui. Même si elle sait qu'elle risque de provoquer le courroux du roi...

Le rêve d'Isabeau

Depuis que ses amies ont quitté Saint-Cyr, Isabeau rêve de réaliser, à son tour, son vœu le plus cher : devenir maîtresse dans la prestigieuse institution de Madame de Maintenon. Elle doit, pour cela, avoir une conduite irréprochable. Or, elle se retrouve, bien malgré elle, au cœur d'une affaire d'empoisonnement. Isabeau voit son rêve s'éloigner...

ÉLÉONORE ET L'ALCHIMISTE

Promise contre son gré à un baron, Eléonore quitte Saint-Cyr pour la Saxe. Si elle accepte ce sacrifice, c'est parce qu'il a promis d'aider ses sœurs dès qu'ils seront mariés. Hélas, rien ne se passe comme prévu ! Eléonore s'éprend de Johann, un jeune alchimiste qui recherche le secret de la transmutation du plomb en or. Elle décide de tout faire pour l'aider à réaliser son rêve !

UN CORSAIRE NOMMÉ HENRIETTE

Originaire de Saint-Malo, Henriette est un garçon manqué. Amoureuse du vent et de la mer, elle ne rêve que de bateaux, au grand désespoir de sa mère.
A Saint-Cyr, elle se lie d'amitié avec ses compagnes de fortune, mais elle n'est pas faite pour l'étude, le calme, ni la prière. Elle décide donc de reprendre sa liberté et d'aller au-devant de l'aventure pour réaliser son destin...

GERTRUDE
ET LE NOUVEAU MONDE

Pour sauver son amitié avec Anne, Gertrude a commis une lourde faute et purge sa peine en prison. Mais une opportunité s'offre à elle : partir pour le Nouveau Monde. Là-bas, elle espère retrouver enfin la liberté et le bonheur. Pourtant, elle ne se doute pas des obstacles qui jalonneront sa nouvelle existence...

Imprimé en Barcelone par:

blackprint
A CPI COMPANY

Dépôt légal : juin 2011
N° d'édition : L.01EJEN000533.A002
Loi n° 49-956 du 16 juillet 1949
sur les publications destinées à la jeunesse